Nonnas Tafelrunde

Hans von Holt

Bibliografische Information der Deutschen Nationalbibliothek:
Die Deutsche Nationalbibliothek verzeichnet diese Publikation in
der deutschen Nationalbibliographie; detaillierte bibliographische
Daten sind im Internet über dnb.dnb.de abrufbar.

2. Auflage, 2022
Lektorat Art Sound & Design
Coverdesign BoD – Books on Demand, Norderstedt
Herstellung und Verlag:
BoD – Books on Demand, Norderstedt
ISBN 978-3-7562-1274-3
autoren@vonholt.ch
www.vonholt.ch

Buchbeschreibung:

Geschichte von Heimatlosigkeit, von Erlebtem und Erstorbenem, von versehentlichem Zeugen und Morden, von einem dunklen Keller und vom Geheimnis des Runden und seinen Zwischenräumen.

Ein alljährliches Austernmahl wird ihr zum Verhängnis: Nonna, die madonnenhaft verehrte und doch so ferne Mutter. Sitzt sie auch der Tafelrunde gottgleich vor, so werden die Geschicke der großen Familie von den dienstbaren Geistern Certo und Mente geleitet, wobei sich die Fäden ihrer dunklen Vergangenheit immer tiefer in die Gegenwart hinein prägen. Pflichtbewußt und machthungrig betreuen sie Haus und Kinderschar, bis der jüngste unter den Söhnen aus der geheimnisumwitterten Atmosphäre der Kindheit Schlüsse zieht.

»Nonna's Tafelrunde«, eine vielschichtige Erzählung um Liebe und Angst, Willkür, Sehnsüchte und das Geheimnis eines dunklen Kellers.

Über den Autor:

Hans von Holt wurde im Jahr 1946 im weitgehend ausgebombten Hamburg geboren. Sein Spielplatz waren die Trümmer, die eine frühe Prägung hinterlassen haben. Er studierte Musik in Hamburg, Amsterdam und Salzburg. Er kam 1972 ein erstes Mal in die Schweiz. Hier entstand aus der Leidenschaft zur Fotografie ein zweiter Beruf. Audiovisuelle Tätigkeiten führten ihn in die Welt von Film und Fernsehen. Berufsbegleitend ergänzte er seine Ausbildung zum Tonmeister. Als Filmtonmeister arbeitete er während fünfundzwanzig Jahren in Zürich und Köln. Nebenbei engagierte er sich im Musiktheater der »Mixt-Media«, Basel mit vielen Auftritten in Deutschland, der Schweiz, Italien und Griechenland. Bisher wurden veröffentlicht: Die Erzählung »Nonnas Tafelrunde«, der Roman »Die Wolken von Esopotamien«, Kurzgeschichten »Geschichten der Welt«, das Theaterstück »Sisyphos oder das Ende der Ewigkeit«, der Roman »Mein Name sei Sisyphos«, der Thriller »inject«.

Nonnas Tafelrunde

Hans von Holt

Inhaltsverzeichnis

Inhaltsverzeichnis...8
Prolog..11
1. Kapitel..17
    Der Einstieg 17
2. Kapitel..29
    Mente, Messer und Cornelia.......................29
3. Kapitel..39
    Rosina 39
4. Kapitel..49
    In die Fremde / Helena 49
5. Kapitel..61
    In die Berge 61
6. Kapitel..67
    Der Keller 67
7. Kapitel..77
    Der Wanderer 77
8. Kapitel..89
    Traum 89
9. Kapitel..99
    Das Picknick 99
10. Kapitel...103
    Mentes Gesang..................................103
11. Kapitel...107
    Traum 107

12. Kapitel 113

    Die Grube.. 113

13. Kapitel 117

    Die Austern.. 117

14. Kapitel 129

    Finalmente.. 129

15. Kapitel 135

    Im Zug.. 135

16. Kapitel 141

    Bei Stella 141

17. Kapitel 151

    Das Ende des Wanderns........................ 151

Die Personen.. 157

Danksagung 158

Vom gleichen Autor erschienen 159

Prolog

Eine graue Wolkendecke hing am Himmel und schien alle Farben aus der umliegenden Landschaft zu saugen. Eine fahle Sonne mit einem diffusen Licht erhellte den Tag mit einem trägen Grau. Es herrschte eine trübe Stimmung. Giovanni Ligneo stand unbeweglich am Brunnen. Das Wasser floss über Hände und Unterarme, frisch und kühl. Je länger er verweilte, umso mehr drang die Gewissheit in seine Wahrnehmung, dass er dem dunkelsten Schatten seines Lebens begegnet ist. Instinktiv versuchte er, ihn abzuwaschen. Nur langsam löste sich seine innere Erstarrung. Er formte unbeholfen die Hände zu einem Gefäß, sammelte das Wasser und goss es sich über sein Gesicht. Das kühle Nass brachte ihm keine Erleichterung. Das Blut, wenn auch nicht mehr sichtbar, blieb ihm auf seiner Haut spürbar, solange er sie auch wusch.

Ständig schaute er sich um, kontrollierte, ob ihn jemand sah. Es beruhigte ihn nur oberflächlich, dass niemand den nahen Weg entlang kam. Die Felder erstreckten sich menschenleer bis zum Wald, der in trostloser Einsamkeit das Dorf begrenzte.

Hinter dem Fenster des kargen Holzhauses starrten zwei leere Augen zu ihm herüber. Er spürte sie im Rücken, obwohl es ungewiss war, ob sie ihn ansahen oder ob sich der starre Blick, in dem sich namenloses Entsetzen spiegelte, im Nichts verlor, dort, wo der stumme Schrei am Wahnsinn vorbei in ein dumpfes Schweigen abgleitet.

Giovanni hatte den Krieg überlebt. Er hatte es zustande gebracht, unbeschadet dieses gewaltige Werk der Zerstörung mehr oder weniger als Zaungast an sich vorüber ziehen zu lassen. Er hatte es geschafft, all das Sterben um ihn herum verdrängen zu können. Doch auf dem Weg nach Hause, auf dem die Hoffnung der Gewissheit zu weichen schien, alles überstanden zu haben, hatte ihn der blutige Wahnsinn eingeholt. Und der Wahnsinn fand sein Spiegelbild in der einzigen

Form, die er nicht ausblenden konnte: Er stand da hinter diesem Fenster in Erscheinung einer jungen Frau. Und dagegen war Giovanni wehrlos.

Warum hatte er das Mädchen vor zwei Tagen am Waldrand angesprochen? Gut, er hatte lange nichts gegessen. Das war er im Krieg gewohnt. Sie war eine Gelegenheit. Denn Giovannis Hunger hatte viele Ebenen. Er liebte nicht das Brot allein. Sie war jung, strahlte eine schlichte Schönheit aus und war von einer naiven Furchtlosigkeit, die ihn magisch anzog.

Er nannte sie Babuschka, denn er verstand weder ihre Sprache noch ihren Namen. Er wußte nicht, ob die Laute, die sie von sich gab, ihren Namen hätten bedeuten sollen. Der Name Babuschka gefiel ihm, und war das Einzige, was er in der Landessprache kannte. Das klang nach seinem Sinn.

Was hatte sie ihm sagen wollen? Dass sie nicht allein in der Hütte wohnte, wie er glaubte? Hätte er nicht hellhöriger sein müssen? Seine selbstgefällige Interpretation des Verhaltens anderer ihm gegenüber durch kritische Vorsicht ersetzen? Achtsamer sein und wahrnehmen, was nicht durch gewohnte Sprache ausgedrückt wurde. Er war noch in Feindesland, wenn auch der Krieg so gut wie zu Ende war.

Jetzt, im Nachhinein, hatte er keine Zeit. Er musste weg von hier. Aus dem Trog blitzte es ihm entgegen, mahnte ihn zur Eile. Das Bajonett spiegelte sich im Wasser. Es war wieder blank, das Blut abgewaschen. Trotz des fahlen Lichtes schien es ihn zu blenden. Er nahm es an sich, steckte es in seinen Gürtel. Er durfte es nicht hier lassen. Das wusste er instinktiv.

Dass sie Angst gehabt hatte und ihn aus Angst in ihrem Haus duldete, ihn gewähren ließ, kam ihm nicht in den Sinn. Und dass es die nackte Angst war, weshalb sie ihn den ganzen nächsten Tag, wie er meinte, umsorgte, duldete seine Einbildung nicht. Er überlegte, nahm das Bajonett vom Gürtel - es durfte nicht nach außen sichtbar sein - und steckte es in die innere Jackentasche, eine zivile Jacke, die gestern einem anderen gehörte.

Plötzlich, heute früh, als es bereits dämmerte, ging die Tür auf und der Mann kam herein. Funkelnde Augen. Sie sprang vom Lager auf, zog die Decke an sich und wich vor Entsetzen zurück an die Wand. War es ihr Mann, ihr Bruder, ein Nachbar? Giovanni wusste es nicht. Eines wurde ihm blitzartig klar, der Ausdruck des Mannes war unmissverständlich: von ihnen beiden würde nur einer die Hütte aufrecht verlassen.

Während der Mann einen gewaltigen Satz auf Giovanni zu machte, hatte dieser sein Bajonett gezückt. Instinktiv, eine mechanische Reaktion, die Geste der Angst, sich den Kampf vom Leibe zu halten. Es gab keinen Kampf. Das Blut floss über Giovannis Hand, den Arm, tränkte das Bett, während der Mann kurz zuckend auf ihm lag, um leblos über ihm hängenzubleiben. Die Arme, die zum Würgegriff ausgestreckt ihm entgegenkamen, pendelten langsam an seiner Seite aus. Dann trat einen Moment Stille ein. Eine Zäsur in der Zeit. Sie wurde in einem rasenden Crescendo zum unhörbaren Dröhnen, das ein Schrei durchschnitt, der die Pforten des Wahnsinns öffnete.

Daran wollte er nicht mehr denken. Er dachte an die nahe Grenze, nicht an die, die er gerade überschritten hatte, nein, an die Demarkationslinie dachte er, die der Krieg hinterlassen hatte. Er ging nicht mehr in die Hütte hinein. Er hatte die Jacke gewechselt und eine zivile Hose gefunden. Er sah sich nicht um zu den Augen hinter dem Fenster. Er würde niemals wissen, ob sie ihm nachschauten oder ob die Leere des Wahnsinns sich ihrer endgültig bemächtigt hatte.

Giovanni ging seines Weges, die Zukunft im Auge und einen feinen Filter des Vergessens im Innern, der ihn ruhig schlafen lassen würde. Er hatte ja nichts getan. Es war geschehen. Und von diesem Geschehen entfernte er sich nun auch äußerlich.

1. Kapitel

Der Einstieg

Zum Zeitpunkt meiner Geburt, der Krieg hatte sich wieder einmal in sich selbst erschöpft, lag die Welt – meine Welt – sichtbar in Trümmern.

Hier stock' ich schon, denn so ein Satz, arglos hingeschrieben, zwingt zum Nachdenken. Es geht um *meinen* Einstieg in diese Welt, um das, in was ich mich als Erstes hinein begeben habe. So gesehen genügt es nicht, sich mit den Trümmern der Häuser um das unsrige herum, welches zufällig stehenblieb, zu beschäftigen, sich mit ihrem Wiederaufbau zu begnügen. Die Frage nach den Trümmern auf anderen Ebenen schwingt mit. Das zwingt mich, tiefer zu gehen, Zufälle in Frage zu stellen und mich in der Betrachtung auf Geschehenes festzulegen, so subjektiv die Betrachtung auch sein mag. Und diese Subjektivität scheint mir unvermeidlich, je länger ich versuche, das Innere in die feste Form der Worte zu gießen und dabei viel Raum zwischen den Zeilen zu öffnen. Das Festlegen ist eine Beschäftigung, die nicht zu meinen Liebsten gehört. Darum lasse ich die Wurzeln, so weit es möglich ist, im Dunkel – wobei sich die Frage auftut, ob sie da nicht hingehören – und wende mich der Erinnerung zu. Hier lege ich mich nicht auf Objektives fest. Auch die Zeit und die Reihenfolge bleiben subjektiv und frei von einer linearen Abfolge. Erinnerung mag eine ähnliche Struktur wie Träume ihr eigen nennen. Man kann sich frei in der Zeit bewegen.

Erinnernderweise kann ich mich an meiner italienischen Abstammung erfreuen, die zu beweisen ich mich nicht herablassen werde. Der geneigte Leser möge sich mit meiner Versicherung an Wahrheit statt zufrieden geben und mir vertrauen.

Als zentrales Element der Erinnerung (sie verzeihe mir diesen Terminus) tritt unsere Nonna in die volle Größe ihrer Erscheinung: Das Bild der Mutter, dessen Prägung die Zeiten überdauert. Sie hält zeitlos Vorsitz an der üppigen Tafel, die sich in ihrem Eichenholzdunkel in ebenbürtigem Gewicht vor ihr ausbreitet. Überhaupt meine ich diesen Raum immer in einem gewissen Dämmerlicht wahrgenommen zu haben. Nonna strahlte ein mondiges Silber aus, welches hin und wieder üppiges Kerzenlicht in feierlichen Sternstunden matt vergoldete. Das Mondene wurde durch das freundlich thronende Rund ihres Gesichtes unterstrichen, das sich in ihrer vollen Erscheinung fortsetzte und keinen Beisitz an der Stirnseite ihrer Tafel duldete, die sie vollständig ausfüllte. Das ganze Bild hatte für mich immer etwas Unverrückbares. Es war ein statischer Pol, ein eigener Raum, von dem unsichtbar und nach außen unbemerkt alle Bewegung ausging.

Die ersten sichtbaren Anzeichen von Betriebsamkeit um sie herum waren Certo und Mente, die dienstbaren Geister, ohne die unser praktisches Leben kaum möglich gewesen wäre.

Das waren nicht ihre tatsächlichen Namen. Diese wurden nie verwendet. Das hatte einen einfachen Grund. Giovanni war unser guter und beflissener Geist, der schier unermüdlich für die Nonna – und nicht nur für sie – rührig war und jeden ihrer Befehle mit einem »certo« quittierte. Dieses »certo« ließ in seiner leichten Dehnung bei aller Freundlichkeit eine kaum spürbare Andeutung mitschwingen, die dem Hellhörigen vermittelte, dass er lange wisse, was zu erledigen sei, ohne darauf hingewiesen zu werden. Es war ein auf die Dienstbarkeit aufmodulierter Oberton eines gewissen Dünkels, der den meisten Menschen unbemerkt blieb. Bei Gesellschaften strahlte er eine unumstrittene Souveränität aus, die von Gästen, die den Gefilden der Konversation nahe standen, geschätzt wurde.

Mente kam auf die gleiche Weise zu ihrem Namen. Sie hatte die Eigenart, Silben zu verschlucken und die Worte abzukürzen, um einer angeborenen Wortkargheit Genüge zu tun und sich der wenigen unumgänglichen Reden zu entledigen. Es wurde aus ihrem beflissenen und aus Höflichkeit kaum vermeidbaren »naturalmente Signora« ein verbleibender Klang, der als »Mente« identifizierbar war. Wir Kinder befanden diesen Laut zur Namengebung für mehr als tauglich. Nur

Nonna blieb dabei, sie mit »Nella« anzusprechen. Das kam selten vor und wirkte dann eher aufgesetzt.

Mente war ein rechter Gegenpol zu Certo, der allgemein einen ruhigen und zufriedenen Eindruck machte. Sie schien immer auf ihre eigene Weise gehetzt zu sein. Etwas Unsichtbares schien sie zur Eile anzutreiben, unterstrichen von zwei tiefgefurchten Falten zwischen den Augenbrauen, die die ohnehin nicht kurze Nase noch länger und schmaler erscheinen ließen. Ihr Blick schweifte immer ein Stück in die Zukunft, was sie ihrem Gegenüber entrückte, ihr etwas Unangreifbares gab. Die einzigen Befehle, die sie akzeptierte, waren die von Nonna. Im Übrigen verlieh sie ihrer Überzeugung Ausdruck, ihre Herrin vertreten zu müssen, was sie allen zu spüren gab.

Das wurde besonders deutlich, nachdem unsere von allen verehrte Köchin Rosina uns verlassen hatte. Wir hätten ihr gerne Lebewohl gesagt, aber der Abschied vollzog sich während der Ferien, die wir Kinder am Meer bei Onkel Carlo verbrachten. Über ihren Fortgang gab es keine Erklärungen. Das war immer so, wenn etwas die Gefühle berührte. Die Küche wurde Mentes alleinige Domäne, was ihr sichtlich nicht ungelegen kam.

Certo fand sich damit ab, streiten war ihm fremd, und sein etwaiger Unmut über diese hierarchische Verteilung drückte sich Mente gegenüber in einem gedehnterem "ceeerto!" aus, dem ein geräuschvolles Einziehen der Luft durch seine etwas knollige Nase folgte: Der Auftakt, mit dem er sich betont in Bewegung setzte, um tätig zu werden.

An Nonna ging das alles unbemerkt vorüber. Sie stand immer über den Dingen. Das lag in ihrer Natur und war wohl schon so, als ihr Mann, unser mutmaßlicher Vater, noch bei ihr weilte. Genaueres hinsichtlich seines Schicksals blieb uns Kindern verborgen. Es war nicht die Abwesenheit seiner Person, der Vater an sich war bei uns nicht zu Hause. Er gehörte nicht zu den Elementen unseres Hauses. Alles, was wir zu wissen bekamen, war die Tatsache, dass er aus dem Kriege nicht ›nach Hause‹ zurückgekehrt sei.

Dieses ›nach Hause‹ hat mich immer ein wenig nachdenklich gemacht. In diesem speziellen Zusammenhang wurde mir nie klar, ob er denn nicht zurück kehrte, weil er im Kriege gefallen war, oder ob er schlicht zwar *aus dem Krieg* – aber eben *nicht ›nach Hause‹* zurück gekehrt sei. Dieses Thema kam nie so recht zur Sprache. Jeder Ansatz einer Frage schien in der Luft zu verdunsten, bevor denn ein Hauch davon über die dunkle eichene Tafel das geneigte Ohr unserer Nonna erreichte.

Sie strahlte eine natürliche Zufriedenheit aus, die nie das Gefühl aufkommen ließ, sie hätte einen Verlust erlitten. Immerhin war sie von Mutter Natur und einem menschlichen Vater – oder waren es mehrere? – reichlich beschenkt worden. Wenigstens hier muss ein Vater ein gewisses, wenn auch kurzfristiges, ›zu Hause‹ gehabt haben. Sie hatte einige Kinder zur Welt gebracht, die nicht alle das Glück hatten, überleben zu dürfen. Ich sage absichtlich ›zu dürfen‹, denn heute bin ich mir nicht mehr sicher, ob nicht dem Schicksal in dem einen oder anderen Fall nachgeholfen wurde. Das ist eine vage Vermutung, und ich will nicht vorgreifen. Ich bin der Jüngste und könnte nicht alles aus eigenem Erleben berichten.

Während mir Filippo den nächsten Kaffee bringt, lege ich das Notizbuch zur Seite und genieße die noch wärmende Sonne des Herbstes. Der angenehme Wind zerstreut meine Gedanken. Vom Hafen her das Tuten eines großen Schiffes. Eine Kreuzfahrt entfernt sich auf dem Weg nach Süden. Der Blick folgt den weißen Konturen auf glitzerndem Wasser, schweift mit ihnen in die Ferne, dorthin, wo die Silhouette der Stadt, halb Welt, halb Dunst, sich in dem verschwimmenden Grau verliert, da Himmel und Meer sich vereinen. Dieser Anblick fasziniert mich und ich kann stundenlang in diesen Dunst hineinblicken, der langsam und unmerklich das Schiff in seinen Farbton aufnimmt, es für das Auge verschwinden lässt. Es ist ein Versprechen von Weite, als es die Nahtstelle zwischen Grau und Grau passiert, ein harmonischer Durchgang in eine verheißungsvolle Ferne.

Dort unten am Fuße des Hügels liegt das Haus von Onkel Carlo, in dem wir viele Sommer verbrachten. Die Pinien sind inzwischen hochgewachsen und verdecken die weiß getünchten Mauern mit den hellroten Dachziegeln, die das Atrium umsäumen. Es war eine Insel, deren Umgebung wir nicht kannten, denn mit Haus und Strand waren die Grenzen gezogen, die gehorchende Kinder nicht überschritten. Schließlich war man um unser Wohl besorgt.

Der Blick senkt sich hinter die fernen Nebel und mein erstes zu Hause kommt mir in den Sinn: Eine Stadtwohnung inmitten von Trümmerfeldern. Das, was der Krieg übriglässt: Verlorene und Verlorenes. Die Atmosphäre der vergangenen Zerstörung war frisch, und Spuren von Angst und Tränen hingen in der Luft. Das war mein gewohntes Umfeld, mein Spielplatz. Von mir selbst aus Gewohnheit unbemerkt hing eine gewisse Melancholie über den ersten Jahren, die mir von Anbeginn einen Abstand zur Mitwelt schuf. Eine Welt, die in eine Zukunft aufbrach, während ich verhangen war in dem, was diese Menschen erst kürzlich hinterlassen hatten. Dieser Kluft sollte sich auch später erhalten. Ich stieg als Betrachter in eine Welt ein, in der Steine und Menschen erst langsam ihre Formen wieder fanden.

Es kam nicht von ungefähr, dass mein eigentlicher Spielkamerad ein paar Jahre älter war als ich. Das regelte die Autoritäten in unserem Verhältnis von Anfang an. Ich war nicht einfach die Verkörperung des Gehorsams. Doch der Gehorsam saß mir als ein wachsamer Begleiter im Nacken. Ich brauchte wenigstens den Schein des Gehorsams, um mit dem dadurch erwachsenden Maß an Anerkennung durch die Welt zu kommen. Ansonsten suchte ich mir jede mögliche Nische, jenen zu umgehen, denn es fehlte mir damals an Mitteln und an Mut, den verschiedenen Formen von Autoritäten entgegen zu treten und meinem inneren notwendigen Maß an Freiheit gerecht zu werden. Das sollte sich ändern, wenn auch viel später.

Vorläufig zollte ich Scalpo fraglosen Gehorsam. Er hieß eigentlich Gianni, aber nachdem er uns kleineren die Kriegsgebräuche der Indianer nahegebracht und uns erklärt hatte, wie sie ihre Opfer skalpierten, nannten wir ihn Scalpo. Er hatte bei solchen Erzählungen immer ein leicht amüsiertes, halb verklärtes Grinsen im Gesicht, das ich nie recht zu deuten wusste. Wenn ich zurückschaue, habe ich damals dieses Lächeln instinktiv eingeordnet und unbewusst mit den mir noch verborgenen Inhalten vermählt.

Ich nippe gedankenverloren an meinem Kaffee und genieße die Weite, die sich vor dieser Stadt, in die ich mich kürzlich zurückgezogen habe, auftut. Die Sonne steht jetzt hoch, der Dunst hat sich aufgelöst und Himmel und Meer zeichnen einen klaren Horizont. Der Mittag rückt näher. Ein paar Leute, die mit vollen Einkaufstaschen an den häuslichen Herd streben, huschen auf der Straße vorüber.

Eine der Frauen gleicht unserer Rosina so sehr, dass ich zusammenzucke. Ich wische meine Hand ab, die ich vor Schreck mit lauwarmem Kaffee übergossen habe. Mir wird flau in der Magengrube. Ich zahle und gehe.

2. Kapitel

Mente, Messer und Cornelia

Heute sitze ich nach einigen trägen Tagen mit dem Notizbuch auf dem Balkon. Mein Blick schweift über die Dächer dieser Stadt. Ein schwereloser Himmel erstreckt sich bis zum Horizont, wo er sich mit dem Meer vereint. Ich fühle mich frei von allem, was mich überwuchs, noch ehe ich geboren ward. Es holt mich dann und wann ein, und manchmal eine ganze Spanne lang, dass ich so müde, wie ich dann bin, fast nicht mehr loskomm' von dem, was mich gefangen hält.

»Doch jetzt, wo der Himmel so leicht, scheint alles so einfach zu sein,
jetzt, wo mein Blick sich mit Himmeln mißt, ist mir wohl, so allein.
Die Stirne der Mutter, sie ist weit entrückt, und ich muß nichts mehr tun,
was ihre Züge entzückt.
Und ich atme frei, so allein.«

Es war nicht die Nonna, obwohl sie meine Mutter war, es war mehr die Funktion der Mutter, die meine Freiheit überwucherte. Diese Funktion nahm Mente für sich in Anspruch. Sie hatte sie verinnerlicht, dass sie pädagogisch implodierte und auf geheimnisvolle Weise diesen energetischen, wenngleich nicht sichtbaren Vorgang, auf mich übertrug.

Ich sitze da, über diesen Dächern einer fremden Stadt und unter einem freien Himmel gefangen, weil ich zu lange den Ersatz geduldet, der als Mutter sich in mich gefressen hat und der doch keine Mutter ist. Den spät heraus zu reißen, scheint der freie Himmel nicht mehr zu genügen.

Von unten klingt Musik auf meine Terrasse, Partystimmung ... Ich erinnere mich ... Klassenkameraden, Ambitionen, Mädchen – und ich traute mich nicht. Cornelia – sie war die Erste, die mir auf dem Meer der Seele Hoffnung gab. Nicht, dass ich je mit ihr geredet hätte – einfach, dass es sie gab, machte mir Mut, auch wenn ich gern mit ihr verschmolzen wäre. Der Wunsch war eingeschnürt in die Stricke des Abwartens. Ich sah sie in der Schule, ich glaube, sie war eine Klasse unter mir, und immer wenn ich sie sah, hielt mich mein Traum gefangen. Und in diesem Traum hielt sie mich, ohne es je zu wissen, einige Jahre über Wasser.

Es waren harte Jahre, eine Zeit, in der Mente auf ihre Art regierte. Und meine vernarbte Seele überdauerte die Splitter ihrer Implosionen heroisch in Gedanken an Cornelia.

Es dauerte mich Certo, der oft genug die Wogen mentischer Stürme zu glätten versuchte, und sich dabei als das scheiternde Schiff in den tosenden Wassern diffuser Kompromisse auf die Seite drückte, bis denn das Wetter ihm wieder Raum gab, sein gewohntes Fahrwasser zu erreichen.

Das war ein sich wiederholendes Spiel und der Drang in die Ferne nahm bei mir zu. Die Stürme wurden leichter in dem Gedanken, sich bald einmal aus den hiesigen Gewässern zu entfernen – so wie Stella ...

Stella hatte es mir vorgemacht. Sie war die Älteste von uns Kindern und hatte diesen Drang früh gespürt. Mit fünfzehn verschwand sie, ohne je zu verraten, wohin. Mit siebzehn tauchte sie wieder auf, hochschwanger, ohne irgendetwas preiszugeben. Mit achtzehn begann sie als Stripperin in der nahen Stadt gutes Geld zu verdienen. Vielleicht war es das, was die sonst so moralische Mente zur Sanftheit Stella gegenüber bewog: das gute Geld. Sie behandelte Stella fast wie ihr eigenes Kind, während wir anderen, ich im besonderen, mehr Gegenstand pädagogischer Zwänge, sinnentleerter Konsequenz und latenter Erwartungen waren.

Mit dieser Art Ungereimtheiten musste ich mich früh auseinandersetzen, was mir die Orientierung erschwerte. Andererseits war mir Stella so nahe, dass ich mir nicht vorstellen konnte, dass jemand etwas gegen sie haben könnte. Sie war für mich ein seelischer Halt. Sie kannte sichtlich ihren Weg und hatte eine positive und klare Ausstrahlung, dass das Leben in ihrer Nähe eine wunderbare und freudige Seite bekam, ein Leben, welches mir sonst oft melancholisch traumverhangen war.

Die Musik bricht ab. Ich bemerke erst jetzt den kühlen Abendwind, der das ferne Rauschen des Meeres zu mir herüberweht. Es ist Zeit. Ich gehe hinein.

Mein Zimmer ist einfach. Wenige Möbel aus grobem Holz, ein Tisch, ein Stuhl, ein Bett, ein Schrank. Eine Nische zum Kochen. Das ist alles und es genügt mir.

Ich habe mich hierher zurückgezogen, nachdem ich auf meinem Wege nicht unerwartet vor einem Abgrund stand, der mir ein einfaches Weitergehen verunmöglichte. Er setzte sich wie schleichend ein riesiger Schrecken in mir fest, mit einer Langsamkeit, dass ich es kaum bemerkte. Saß dieses Etwas schon lange in mir und ich wurde mir des Abgrunds nur bewusst?

Ich sitze am Tisch, schließe die Augen und versuche in meinem inneren Dunkel zu sehen: die Suche nach einem Sinn, der mich über den Abgrund trägt.

Ein altes Bild taucht vor mir auf, ich bin in der Küche. Rosina war schon lange nicht mehr da, Mente machte den Abwasch und ich half ihr beim Abtrocknen. Es herrschte eine furchtbare Stimmung und die einschneidenden Stirnfalten Mentes bohrten sich in meine Seele, obwohl sie mit dem Rücken zu mir stand und ich sie nicht sehen konnte.

Ich hatte wohl wieder etwas – und auch diesmal wusste ich nicht, was – falsch gemacht und war, wie immer, wenn der Haussegen schief hing – und der hatte ein instabiles Gleichgewicht – Schuld daran. Heute frage ich mich, wo denn unsere Nonna war in diesen Augenblicken. Ihr mondener Glanz mochte, weit entfernt dem Treiben, alles mit gleicher Gültigkeit geschehen lassen. Mente wurde die praktisch ausübende »Mutter«. In solchen Momenten war alles eckig an Mente, die Gesichtszüge, die Blicke und die Bewegungen, deren eruptives Erscheinen ich fürchtete. Es war wie ein Reflex auf eine solche Eruption, mit der sie ein paar frisch gespülte Messer hinter sich auf die Ablage schleuderte, als mir vor Schreck ein Laut wie »Na« entglitt, der dann ihren gesamten Vulkan zum Erbrechen brachte. Von einem in stereotypem Irrsinn begleiteten »Na!!!« schlug sie mit einem Tuch auf mich ein, als wollte sie sämtliche kanadischen Wälder auf einmal abholzen. Ich ging zu Boden und hielt die Hände über mich zum Schutz, was nutzlos war, denn was mein Körper mit Leichtigkeit ertrug, grub sich, Axthieben gleich, umso tiefer in meine Seele. Als sie sich endlich aller »Na's« entledigt hatte, bewegte sie sich wie ein geschlagener Hund auf den Gang hinaus, wo sie effektvoll zusammenbrach. Ich war verwirrt, brach in Tränen aus und stand hilflos da, während Certo aus irgendeinem der Zimmer erschien und, ebenfalls hilflos, ein paar Sätze begann, ohne dass man wusste, was er sagen wollte, er selber eingeschlossen.

Ich weiß nicht, warum, gerade jetzt tauchte Cornelia aus der Tränenflut in meinem Innern auf und ihre Schönheit verwehte allen Schmerz mit einem sanften Hauch. Mein Tränenstrom verebbte. Doch die Erleichterung, die erlösend war, offenbarte sich mit der Zeit von ihrer Rückseite: Die Tränen schienen mir endgültig versiegt.

Kurz darauf erhob sich Mente mit vorwurfsvoller Mühsal. Während sie ihre geschundene Existenz an mir vorbei schleppte, schleuderte sie mir nach Art der attischen Tragödie entgegen: »Warum nicht gleich ein Messer nehmen, warum so langsam morden ...!« Damit verschwand sie in ihr Schlafgemach und wurde drei Tage lang nicht mehr gesehen. Ich stand da und vergaß in meinem Staunen über diesen Satz, der wie aus einem fremden Theaterstück zu mir herüber wehte, mich nach jemandem umzusehen, der für diesen, das Messer vergessenden Mente-Mörder in Frage kam. Wozu auch, ich wusste ja aus Erfahrung, dass ich gemeint war, so wenig ich das Gemeinte verstand. Da ging ich in die Küche zurück, wo die Messer immer noch geduldig auf der Ablage warteten, und trocknete sie fertig ab. Die Küche war aufgeräumt, doch auf einer anderen Ebene blieben Trümmer zurück, die sich als Stolper-Steine lange auf meinem Wege bemerkbar machen sollten.

Seit dem Tag war alles, was früher an Zuneigung und Gefühl für Mente bei mir vorhanden war, erloschen. Der Vulkan hinterließ eine Asche, aus der nie ein Diamant hervorgeht. Sie wurde mir körperlich unangenehm. Mein Weg in die Ferne nahm deutlichere Konturen an.

Da die Zeit mit Nonna, in der ich auftanken konnte, auf das Zusammensein an der eichenen Tafel, die einen gewissen Abstand von ihr bewirkte, beschränkt blieb, wurden Träume und Illusionen mehr und mehr zu meinem Leben. Ich träumte von Cornelia und dieser Traum gab mir die Harmonie und ein Stück weiblicher Geborgenheit, die ich dringend brauchte. Dieses Träumen hielt mich ab, meine Scheu zu überwinden und zu handeln, einen Schritt zu tun. Da ich ihn nicht tat, blieb es beim Traum. Es sollte nicht der letzte sein, doch er war sicher der Verborgenste.

Seite 38

3. Kapitel

Rosina

Der Sand knirscht kaum vernehmbar unter meinen Füssen, während sich die Wellen ans Ufer kräuseln. Es ist ein wunderschöner Morgen. Die Sonne gewinnt an Wärme und das Meer ruht träumend unter strahlend blauem Himmel. Und ich träume mit ihm ... Es weht ein lauer Wind, der die Wellen bewegt. Ich schaue ihnen zu, verfolge das Auf und Ab bis hin zu dem Moment, wo ein Kamm entsteht, der sich aufbäumt und mit weißem Schaum vornüber kippt, den Sand hinauf gleitet bis zu meinen Füßen, die tiefer einsinken in den fließenden Grund.

Weiter vorne beginnen die Dünen, weiß und rund in sanftem Gegenlicht, die man inzwischen nicht mehr besteigen darf, denn sie sind Naturschutzgebiet, ordnungsgemäß umzäunt und mit

Verbotstafeln versehen. Meine Träume stört das nicht, mir war es schon früher zu beschwerlich, diese Dünen auf rutschendem Sand zu erklimmen. Sie erinnern mich noch heute an die vollen Brüste von Rosina, unserer damaligen Köchin, die mich schon als kleines Kind faszinierten.

Rosina hatte die Eigenart, am Morgen zuerst das Frühstück herzurichten und sich dann der Morgentoilette zu widmen und gründlich zu baden. Ihre Kleider warteten solange mit mir in der Küche, aus Gewohnheit und der Wärme wegen, die im Winter in der Küche am ehesten zu finden war. Danach erschien sie wieder, splitternackt mit einem Handtuch, und trocknete sich ausgiebig ab. Ich vermute, sie hatte eine Freude daran, ihren Körper zu zeigen, weshalb es ihr nie in den Sinn kam, sich an meiner, wenn auch kindlichen, Gegenwart zu stören. So saß ich da und schaute wie gebannt zu, wie sich ihre weiblichen Rundungen unter dem Druck des Handtuches formten, verdeckt wurden, wieder hervorquollen, auf und ab wogten und so mit dem Tuch einen Dialog weicher Wellen hielten, der das glänzende Nass der Haut in samtenes Rund zurückverwandelte, welches nun, fast wie erschreckt, wieder eingekleidet wurde. Das ging mir dann immer zu schnell, denn diese Zeremonie unverhüllter weiblicher Formen wärmte mir schon damals meine kindliche Seele und war mir bis in meinen Körper hinein spürbar. Enthüllte Geborgenheit, Wärme des Bloßen, umfangendes Rund.

Es wäre alles seinen alltäglichen und von diesen erhebenden Momenten erhellten Gang gegangen, wäre da nicht Mentes Adlerauge gewesen, dessen Blick mich eines schönen Morgens, wie der Wurf einer Lanze in den Rücken, unvermittelt getroffen hätte.

Die Sonne schien zum Fenster herein. Der Wind bewegte die Gardinen, als wollten sie Rosina fächelnd zur Seite stehen, die gerade ihren linken Arm über den Kopf erhoben hatte, während sie sanft mit dem Handtuch unter ihren Brüsten entlang strich, die, der Bewegung nachgebend, abwechselnd weich nach oben drangen, um sich nach einer unmerklichen Zäsur langsam wieder zu senken.

Unvermittelt stand Mente in der ihr eigenen Art in der Küche. Noch bevor sie die Tür geöffnet hatte, war sie da. Mit tiefen Stirnfalten belegte sie meinen auf Rosinas Zeremonie gehefteten Blick, während sie mit einem Ton aus rauem Granit meinen sinnenerfüllten Blick mit einem: »DAS TUT MAN NICHT!!!«, auf den Pfad der Tugend zu zwingen versuchte. Diesmal huldigte sie nicht ihrer silbenverkürzenden Redeweise, sondern bediente sich eines ›staccato imperativo ma lentamente‹. Damit war sie wieder verschwunden. Ihre Schritte entfernten sich Stockschlägen gleich, und ich saß da mit meinem Unverständnis, einmal, was man denn nicht täte, und zum zweiten, warum sie in die Küche kommen musste, wenn sie hier nichts zu tun hatte.

Mein Unverständnis hat sich bis heute erhalten und, ob Dünen oder Brüste, die Vorliebe für weiche und runde Formen ist mir geblieben.

Am darauf folgenden Tag ging es in die Ferien zu Onkel Carlo ans Meer, wo das Rund der Dünen mich wie heute an Rosinas Rundungen erinnerten. Als wir dann nach Hause zurückkehrten, war Rosina nicht mehr bei uns. Ich hatte wieder etwas, das ich nicht verstand.

Obendrein war inzwischen Stella wieder aufgetaucht, mit einem immensen Bauch, den sie in meiner Erinnerung, ich hatte sie zwei Jahre lang nicht gesehen, nie gehabt hatte, was für einen Fünfjährigen nicht zu verstehen war. Mein älterer Bruder Umberto konnte mir da ein wenig behilflich sein. Er kannte sich mit den Dingen, die die Weiblichkeit betreffen, immer recht gut aus, was ich seither bewunderte. Das musste der Grund dafür sein, dass er, soweit ich das beobachtet habe, bei den Frauen immer erfolgreich war. Auch dafür bewunderte ich ihn später und versuchte, ihm nachzueifern, was mir unzureichend gelang.

Trotzdem war ich nie ihm gegenüber von Neid geplagt. Um ehrlich zu sein, mit einer Ausnahme, als ich von unserem Bruder Antonio, der ein Jahr älter war als Umberto, die Geschichte erfuhr, warum Rosina denn meinen Blicken und unserer aller Gegenwart entzogen worden war.

Ich war nicht der Einzige, der, wenn auch auf Grund zarten Alters unschuldig, das Wesen und die Formen Rosinas zu schätzen wusste, es gab deren mehrere, und einer von ihnen war Umberto. Er, dem der Erfolg in die Wiege gelegt worden war, hatte sich mit dem ihm eigenen Charme ihre Gunst erwirkt. Ich durfte zwar zusehen, wie der vom Bade glänzende Körper Rosinas zu samtener Erscheinung getrocknet wurde, Umberto hingegen hatte das Privileg, in geheimen Stunden sich ihren Rundungen zu nähern, sie zu entfalten, zu ertasten, in den wogenden Brüsten zu baden, bis aus den samtenen Schenkeln, die sich langsam auftaten, die feuchte Wärme von Rosinas Hingabe ihn in sich aufnahm.

Das blieb eine ganze Weile unbemerkt, bis ihm ein weiterer Rivale auf die Schliche kam, der, ebenfalls heimlich, Rosinas Gunst und Empfänglichkeit schätzte und genoss: Es war, wer hätte das gedacht, der beflissene Certo. Und da er bereits im fortgeschrittenen Alter war, seine Seele durstig nach Einfachheit und Wärme, und die mondäne Größe unserer Nonna zu unerreichbar, war Certo empfindlich auf alles, was ihm dieses existentielle Bedürfnis streitig machen konnte. Rosina hätte das sicher nicht so eng gesehen, aber wenn Certo einmal seine Auffassung der Dinge hatte, war er nicht mehr von etwas anderem zu überzeugen. Nicht, dass er dabei auf irgendeine Weise autoritär wäre, nein, er hatte dann die konsequente Penetranz eines Insekts, welches, wie oft auch immer verscheucht, so lange um den Honigtopf herumfliegt, bis es sein Ziel erreicht hat.

So geschah es, dass sich Certo eines Abends, als sein Dienst unerwartet früh beendet war, unerwarteter Freuden gegenüber sah, indem er sich ein in wohliger Entspannung gipfelndes Zusammensein mit Rosina ausmalte, ohne nur im Entferntesten einen Gedanken daran zu verschwenden, ob es ihr denn genehm sei, geschweige denn, dass sich vielleicht an selbigem Orte bereits eine andere liebende Fülle ausbreitete.

So kam Certo an Rosinas Tür, klopfte an und ging, ohne weiteres Abwarten mit der Haltung dessen, der erwartet wird, hinein. Das Dämmerlicht der Kerze, die weit heruntergebrannt mild leuchtete, schien ihn in dieser Haltung zu bestätigen, als Rosinas weiches Antlitz ihm in seliger Verklärtheit golden erhellt entgegen glänzte. Allein, die Augen hielt sie leicht geschlossen, der Blick war nach innen gekehrt, als tränke er die ganze Schönheit der Gärten der Semiramis in unendlicher Sommersonne.

Erst jetzt bemerkte Certo, dass er das Zimmer von Rosina nicht nur unbemerkt, sondern unerwartet betreten hatte. Da er bemerkte, dass eine dritte Hand auf einer von Rosinas Brüsten ruhte, darunter ein Kopf, den er als zu Umberto gehörig erkannte, der sich selig träumend auf ihrem wohlig wärmenden weichen Bauche wiegte.

Dies alles ging Certo weit über das Maß seines Verstehens. Er konnte nicht mehr umhin, sich bemerkbar zu machen. Er tat dies in der ihm eigenen Selbstüberzeugung, die keiner Antworten bedarf, indem er, ohne auf Feingefühl zu achten, lauthals ausstieß:

»Ja, wo kommt *er* denn her!!! Ja, das *ist* doch...!«, gab er seiner ganzen Entrüstung Ausdruck, wohl vergessend, wie denn Mente sich geäußert hätte, wäre sie an seiner Stelle durch dieselbe Tür getreten und er wäre an Umbertos statt, von Rosinas Schenkeln sanft umsäumt, in seinen Träumen dagelegen. Schließlich hatte Mente ihre Ansprüche an Certo. Das war nicht Gegenstand der Betrachtung, und Certo verließ dieses Zimmer aufrichtig entsetzt, um es nie mehr zu betreten, während Rosina die Augen öffnend, in ihren inneren Gärten verhangen und noch immer leicht lächelnd, hauchte: »Aber Certo...!« Sie sah das alles, wie gesagt, nicht so eng und stand in ihrer unendlichen Empfänglichkeit über den Dingen. Umberto bemerkte von alledem nichts. Ihn konnte keiner aus Morpheus Armen schütteln. Hätte es Rosina ihm nicht am frühen Morgen erzählt, hätte niemand davon erfahren, denn es sollte ihr letzter Tag in unserem Hause werden.

Am Ende war ein gekränkter Certo der Grund dafür, dass unsere Rosina sich entfernen musste.

4. Kapitel

In die Fremde / Helena

Die Bäume vor meinem Fenster stehen reglos in winterlicher Kälte und der Schnee bedeckt die alten Träume. Die Wünsche ruhen sich aus, die einen im Herbst der Vergangenheit, andere erfroren in unerfülltem Winter.

Hinter den Bäumen erstreckt sich der Friedhof und strahlt die Ruhe des Beendeten und der Endgültigkeit aus, während auf dem nahen Flusse das Eis in den wenigen offenen Rinnen träge dahin treibt. In der Ferne schreien spielende Kinder und tragen Lebenslaute über die Gräber und das schlafende weiße Land.

Nach vielen grauen Tagen stehen die Bäume vergoldet im Sonnenlicht. Ich fühle mich wohl bei diesem Licht, das schon die kommende Wärme verspricht. Es ist ein altes Gefühl, das sich auf Leben freut. Ja, auch das hat es damals gegeben, bei aller Verhaltenheit in meinem Werden. Und es war so in ruhigen Momenten: wenn ich allein war, aus einem Fenster sah, Sonne und Wolken betrachtend, begleitet von Lauten des Lebens, Rufen der Vögel und in Träume versunken.

Ich bin angekommen an einem Ort, den ich nicht kenne, wo die Geographie keine Rolle spielt und Namen nichts bedeuten. Ich bin viele und vieler Leute Wege gegangen und alle Weisen wiesen doch nur in die Länder ihrer eigenen Sehnsucht, in denen sie am Ende auch nicht weiter wissen. Ich steh' wieder allein da mit Landkarten, die ein fremder Traum gezeichnet hat, aus einem fremden Land, in das ich niemals kommen werde.

All die Brücken, über die ich einst meinte gehen zu können, sind zusammen gebrochen. Wer jetzt nicht fliegen lernt, der bleibt zurück in Ländern aus Vergangenheit und Wunsch und trägt sich nicht hinüber in die eigne Wirklichkeit. Und ich würde gerne fliegen, wenn ich wüsste, wohin? Ist das der Grund dafür, dass wir nicht fliegen können? Die Vögel haben ihre innere Navigation

– wo ist die unsere? Und wir brauchen sie notwendend, denn die Bilder, ob außen oder innen, sind vielfältig geworden und bieten in sich selbst nichts mehr, was zur Orientierung taugt. Was einst Maß war, ist heute Masse, die als Abgrund gähnend uns entgegen saugt.

Voll von Enge und Erwartung war die Welt, in der wir ständig etwas werden müssen, bis wir vergessen haben, dass wir schon immer SIND! Den inneren Kompass, der befreit von Ort und Zeit uns den Ausdruck des SEINS anzeigt, ihn können wir nicht mehr lesen. Er ist der Einzige, der uns den Weg nach Hause weisen kann. Wie heißt es im Buch der Wandlungen: »Dem Wanderer ist Beharrlichkeit von Heil.« Und dieses Wandern zog sich beharrlich wie ein roter Faden durch die Zeit.

Es ist Mittag und ich gehe einen Weg im Tal. Ich gehe spazieren. Es ist eine Zeit, da es nicht mehr Winter ist, und der Frühling ist noch nicht gekommen. Ich gehe vorbei an einem Acker mit schwarzer aufgebrochener Erde, wie sie hervorkommt, wenn der Schnee geschmolzen ist. Die

Spuren des Pfluges sind noch zu erkennen. Glänzende Schollen, die in ihren Furchen ruhen, nackt und dunkel und mit leichten Dunstschwaden hier und da.

Dieser schwarze Boden: Die Traurigkeit, etwas verloren zu haben, steigt in mir auf. Ich weiß nicht, was es ist und es muss lange her sein. Eine verlorene Liebe oder eine Heimat ... Das Verlorene ist endgültig – es gibt nichts, wohin ich zurückkehren könnte.

Nonna hatte nichts gesagt. Sie erhob sich mit einem abwesenden Blick. Sie war Abschiede gewohnt, auch schwere, denn sie hatte einige ihrer Kinder zu Grabe getragen. Ich sah ihren breiten Rücken hinter der weiten Tür zur Halle verschwinden, während mich Onkel Carlo, der nicht zufällig zu Besuch war, mit ungeduldiger Bestimmtheit am Arm nahm und durch die Küche hinaus führte. Ich hätte gern gewusst, was er dachte, aber ich fand keine Worte, die ich hätte ordnen können, um sie auszusprechen. Und so blieb ich stumm.

Mente war mit irgendetwas äußerst beschäftigt und würdigte mich keines Blickes. Das war ich gewohnt und es berührte mich nicht mehr. Allein Certo hätte ich gern Lebewohl gesagt, aber er zog es ja in gespannten Situationen vor, die rauhe See mit dem öligen Wasser hinter einer Hafenmauer zu tauschen. Er blieb unsichtbar.

Ich nahm mein Bündel. Wir gingen vorbei am Brunnen vor dem Stadttor, den oberen Hügelweg entlang bis zur Kirche. Dort blieb Onkel Carlo stehen, mit dem Blick zur Seite, zum schweigenden Abschied auf seinen Spazierstock gestützt.

Was hatte ich getan, dass Onkel Carlo mir den Weg in die Fremde wies? Ich hatte keinen Streit mit ihm und er tat es nicht aus eigenem Antrieb. Er geleitete mich schweigend die ersten Schritte, als erfülle er eine fremde Aufgabe.

Er war still, in sich zurückgezogen und seine Miene konnte ich nicht enträtseln. Er sog mechanisch an seiner Pfeife und mit seiner Schirmmütze sah er von der Seite wie ein französischer Sherlock Holmes aus, der einen ungelösten Fall vor seinem geistigen Auge passieren lässt.

Früher, bei ihm in den Ferien, konnte ich immer das Meer sehen und ich liebte den Strand mit dem unendlichen Horizont und dem salzigen Wind, der das Rund der Dünen streichelte. Diese Weite pflanzte sich unbemerkt in mein Herz und paarte sich still mit meinen geliebten Bergen zu einer Heimat, die zu suchen ich mich auf machte und wohin ich noch immer beharrlich wandernd unterwegs bin.

Ich nahm Abschied. Still und ebenfalls schweigend wanderte ich allein über die Berge, hinaus in die Ebene, der Fremde entgegen ...

War ich nicht froh, die Enge von Mentes Regiment und das Abgestandene von Certos öligem Hafenwasser zu verlassen? Dieses Haus, in dem ich meist umsonst auf Nonnas Gegenwart, in der alles gleich gültig war, und in welcher sich der Horizont meiner Seele weitete, wartete, sodass ich irgendwann, halb getrieben, halb gezogen das Weite in der Ferne suchen musste?

Es war ein schöner Park, der mich und mein Zimmer umgab, und es wohnten Menschen hier, bei denen ich mich wohl fühlte, obwohl ich ihre

Sprache noch nicht verstand. Es dauerte nicht lange, da hatte ich vergessen, was einmal jenes zu Hause war, als hätte der Wind das Alte verweht und einen Raum neugeschaffen, der zum Erkunden einlud.

Das Meer war nicht weit. Wann immer es in meinem Innern wühlte, vergangen gewähntes sich an mich heftete, suchte ich den Strand, der hier flach und ohne das Rund der Dünen war. Ich genoss den Wind, der mir die Gischt ins Gesicht spritzte. Ich liebte dieses Meer, das rauh war, um seiner selbst Willen, und wofür ich keinen Grund in meinem Sein suchen musste.

Und dann war dort Helena. Und mit ihr, dem antiken Vorbild gleich, ein klares Sehnen, das nichts als ihre Nähe suchte, ein stummer Sog, der keine Fragen kennt. Sie war einfach da in ihrem braunen Lederkleid, auf das die langen dunklen Haare fielen und das auf seiner Vorderseite goldglänzende Metallverschlüsse hatte, die zum Öffnen reizten.

Sie ging unbekümmert ihren Weg und spielte Geige. Die Virtuosität war ihr Ziel. Es lag eine

Selbstverständlichkeit der Werte in ihrem Leben, die klar und deutlich ihren Weg markierten. So schien es mir jedenfalls damals, denn ich fragte nicht, auch nicht, warum sie des Nachts nicht schlafen konnte.

In einer dieser Nächte öffnete sich sacht meine Zimmertür. Und während ich nicht wusste, ob ich meinen Augen trauen sollte, kroch eine schlaflose Helena zu mir ins Bett, ein Ereignis, das als Film oder Phantasie gut zu bewältigen war. Allein in dieser gegenwärtigen und tastbaren Form war ich überwältigt, denn der Traum war konkret und der Träumer im Handeln ungeübt. Ich suchte mich zu orientieren, was einerseits dadurch erleichtert wurde, dass sie sich nicht, weil es zu warm war, ihres Nachthemdes entledigte. Andererseits wurde es wieder erschwert, denn es baute sich ein Gemisch vor mir auf, in dem der sehnliche Wunsch, diesem Angebot nachzukommen von Leistungsdruck und Versagerängsten überlagert war. Es brodelte in meiner Seele und weil ich nicht fragte, kam es mir nicht in den Sinn, ob sie nicht zuerst nach Wärme und Schutz suchte. Auch ich suchte nach Wärme und wo ich sie suchte, da heftete sich mir unbemerkt ein Anspruch an, der mir das einfache Sein unmöglich machte. Aus diesem Dilemma fand ich kein Entrinnen. Zu vieles war zu neu. Und Helena suchte mehr ein Gegenüber, das mit Erfahrung Halt und Richtung geben konnte, anstatt selber Halt zu sein.

Es war eine kurze Zeit mit Helena, in der sich meine Seele knospenhaft entschlossen hatte, aufzublühen. Der Boden unter meinen Füßen wurde sicher und ich spürte eine Stärke in mir, die unendlich wohl tat. Wir gingen viel ins Kino und ich genoss es, nachher zusammen zu sitzen und die Handlung Revue passieren zu lassen. Ich hatte eine gute Auffassungsgabe für Inhalte und Symbolik. Wir diskutierten und ich erklärte gerne auf ihre Fragen hin. Das verwischte mir ein wenig ihren Vorsprung an Lebenserfahrung, den aufzuholen mir die Zeit nicht gegeben war.

Bald kam ein Paris, der Helena nicht zu rauben brauchte, denn hier schien sie Schutz und Stärke gefunden zu haben, wie sie sie suchte. Es fügte sich alles nahtlos und ich blieb als unfreiwilliger Zuschauer mit einer Vergangenheit zurück, die zu gegenwärtig war, um Erinnerung zu sein.

Bald kam die Zeit, da versagte das antike Vorbild. Als Paris seine Segel setzte, um heimwärts zu fahren, ließ er Helena zurück. Er lief aus mit den Wellen der Tränenflut, die Helena am Strand ihm nachweinte.

Am Ende blieb mir, meine Rolle als Tröster der Tränen zu beenden, die ich als unerfahrener Tröster der Schlaflosen begonnen hatte. Beide Rollen blieben unvollendet. Der Wanderer, der sich als fahrender Odysseus auf dem Meer der Seele versuchte, war gescheitert, sein Schiff zerschellt. Der Traum war in der Wirklichkeit zerbrochen, bevor ich lernen konnte, damit umzugehen.

Noch heute weht von dieser fernen Küste, wie ein entfernter Hauch, ein Abbild ihres Parfüms an mir vorüber. Ich erinnere mich gut an dessen Namen, der mir wie eine dieser Ironien des Schicksals nachklingt. Es hieß: »Je Revien!« und mag in seiner Melodie von den Sirenen stammen, an denen man besser tauben Ohres vorbei zieht, um nicht zu früh zu erfahren, dass auch der

Tod Musik sein kann ... Im Hintergrund höre ich Wallensteins Monolog: »...doch Roß und Reiter sah ich niemals wieder ...«

Dann machte der Wanderer sich wieder auf den Weg. Als einziges Kleinod nahm er die Erinnerung an das kleine Grübchen auf ihren Lippen mit, das ihm lange Zeit spürbar blieb.

Ich stehe noch immer da am Rande der Ebene auf dem Weg neben dem schwarzen Acker und blicke über das weite Land. Ich erinnere mich, dass die Worte Ausland und Elend aus ein und derselben Wurzel hervorgegangen sein sollen, und ich spüre die Tiefe dieser Wurzel, deren Wesen in der Dunkelheit des Bodens liegt.

Nach links steigt ein Pfad den bewaldeten Berg hinan. Ich wende mich ihm zu und dort fühle ich mich wieder wohl – Berge und Wald!

5. Kapitel

In die Berge

Berge! Überzogen mit den wärmenden Farben des Herbstes, die mir sonnengetränkt entgegen leuchteten. Gelb und braun bis feuerrot strahlte das Laub, und am silberblauen Band des Flusses breiteten sich die Häuser der Stadt im Tal und an den Hängen aus. Die Luft war angenehm und septemberfrisch. Neue Menschen mit den verschiedensten Sprachen waren um mich und die Umgebung lud uns zum Erkunden ein.

Wir stiegen stetig an. Noch raschelten unsere Schritte durch das goldene Laub. Langsam weitete sich der Blick, die Bäume wurden kleiner und spärlicher und gingen allmählich in niederes Kieferngehölz über. Am Horizont gleißten einige Haufenwolken, deren Weiß das Blau des Himmels satter erstrahlen ließ. Als wir nach Stunden

den Gipfel erreichten, tat sich das ganze Land vor uns auf. Bis in die Ferne Gipfel, Bergketten, manche zackig, manche rund, kühles schneeweiß abwechselnd mit dunstigen Buckeln. Ein paar Bergdohlen umkreisten uns. Wir setzten uns auf die Felsen und die ganzen umliegenden Länder boten sich uns Neuankömmlingen dar, die wir das erste Mal auf diesem Gipfel waren, neu in diesem Land und jeder mit einer anderen Sprache. Ich lernte nach und nach meine neue Umgebung kennen. Und ich war gerne hier.

Im hiesigen Sprachengemisch fühlte ich mich wohl, denn es erinnerte nichts an die stirnfaltengeprägte Klänge meiner Muttersprache, Nonnas Haus geriet langsam in Vergessenheit.

Die Freiheit, die ich damals bei Stella spürte, gab mir einen Grundton in diesen Tagen, der meinem traumverhangenen Dasein Unternehmungsgeist und Lebenslust gab. Die Klarheit, mit der sie ihren Weg wusste, war mir ein leuchtendes, aber unerreichtes Beispiel. Sie war im innersten mein Idealbild, von dem ich mich nur allzu oft ablenken ließ.

Ohne es zu wissen, hoffte ich hier dem Gefühl zu entrinnen, Schuld an etwas zu sein, egal was es war. Denn diese diffuse Schuld hinderte mich untergründig seit Beginn meines hiesigen Daseins am freien Fluss meines Lebens. Ich war ein Getriebener und wehrte mich gleichzeitig dagegen. In meinen Bergen fand ich ein Stück Zuflucht.

Das war Freiheit: Wenn mich niemand für seine Stimmungen, seine Konzepte, Sorgen und Gefühle verantwortlich machen konnte. Ich wollte meinen Weg gehen ohne ein Gestern, ohne das sich irgendjemand mit Forderungen an meine Fersen heftete, deren Art der Erfüllung vorgegeben war.

Das waren meine Berge: Hoch hinaus und alles zurücklassen, alles, mit dem man mich überlud, und das alles nichts mit mir zu tun haben konnte. Hinaus in den freien Wind, das Rauschen der Bäume hinter mir lassend und den majestätischen Felsen entgegen ...

Die Unterscheidung wurde manchmal schwer. Ich konnte nicht klar erkennen, was das

Meine war, und was mir überbürdet wurde, wo ich aus Gewohnheit Fremdes übernahm, und wo denn meine eigene Quelle klar zum Ausdruck kam. Ich war des Schuldigseins müde, vielleicht seit Geburt. Es war, als wäre es schon Schuld genug, dass ich da war, als hätten sich die vorwurfsvollen Sorgenfalten als Negativ in meine Seele eingeprägt und damit ein Muster etabliert, das automatisch ablief, sobald das Negativ auf sein Gegenstück traf.

Es war Markt in der Stadt, ein buntes Treiben mit allerlei verschiedenen Ständen, Essbarem und nicht Essbarem, und auf alles schien eine freie Sonne. Ich schlenderte durch die Reihen, ohne etwas zu wollen, schwamm im Strom der Menschen mit, ließ mich treiben. Da zog mich ein Blitzen an, die Sonne funkelte silbern aus einem Stand heraus und ich folgte diesem magischen Leuchten. Eine Auslage von allerlei Schneidwerkzeug lag vor mir ausgebreitet, Scheren, Messer mit blanken Klingen, Küchenmesser in allen Größen, Pfadfindermesser, Rasiermesser und Dolche mit Blutrinnen aus blitzendem Stahl. Was mich angeblinkt hatte, war ein gebogenes Messer mit einem Heft aus Horn. Hatten nicht die Indianer aus meinen Kindertagen solche Messer gehabt? Das waren die Werkzeuge in Scalpos Geschichten. Und die Geschichten von damals vermischten sich mit der blinkenden Gegenwart dieser schneidenden Geräte, während die Sonne meine zögernde Hand wie flüssiges Licht wärmte. Halb im Traum griff ich nach dem Horn und tastete vorsichtig mit dem linken Daumen über die scharfe Seite der Klinge. So scharf müssen sie damals gewesen sein, um ein sauberes Skalp zu schneiden. Das Messer gleitet in meine Jacke.

Es wurde langsam Mittag und ich saß auf dem weiten Platz in einem Café nahe dem Markt und schaute gedankenverloren auf das Denkmal in der Mitte des Platzes. Das Treiben ebbte langsam ab. Auch ich erhob mich und ging dem alltäglichen Ritual der Nahrungsaufnahme entgegen.

6. Kapitel

Der Keller

Es war dunkel. Ein Windhauch hatte die Kellertüre zugeweht. Man sah die Hand vor Augen nicht. Ich kannte mich hier unten nicht aus. Certo hatte uns den Keller immer verboten. »Das sei nichts für Kinder!«, war seine Predigt. Hatte er Angst um seinen Weinkeller oder dass wir uns im Kellergerümpel verletzen könnten? Ich tastete mich voran bis an die Wand. Der Stein war feucht, kalt und glitschig. Ab und zu eine pelzig-moosige Oberfläche. Ich musste behutsam gehen. Es lag allerlei herum, was ich nicht identifizieren konnte. Da blieb mein Fuß hängen. Ich verlor das Gleichgewicht. Es schepperte und ich krallte mich in die Wand, um nicht zu fallen. Der Stein, an dem ich Halt suchte, gab nach und wir polterten zusammen zu Boden. Einen Moment lang lenkte mich der

Schmerz im rechten Arm ab, auf den ich gefallen war. Mühsam versuchte ich mich, aus den Resten einer Kiste heraus zu schälen. Ich hatte jede Orientierung verloren. Schrecken kroch den Rücken herauf, während sich langsam ein faulig süßer Geruch in den Moderduft mischte, der an Intensität zunahm. Bevor ich meine Übelkeit bemerkte, hatte ich nur einen Gedanken: Ich muss hier raus! Ich musste langsam voran, um mich nicht blindlings an irgendeinem spitzen Gegenstand aufzuspießen. So kroch ich behutsam den Boden entlang und hoffte, irgendwann die Treppe und damit die Tür zu erreichen.

Der Gestank wurde intensiver, der Ekel größer und dann kam ein Schlag auf den Kopf. Ich erstarrte. Nichts. Alles war ruhig. Langsam realisierte ich, dass ich gegen die Mauer gestoßen war. Halbwegs erleichtert richtete ich mich auf und tastete mich weiter an den Steinen entlang, jederzeit auf ein neues Hindernis gefasst. Dabei griff ich unvermittelt durch ein Loch in der Mauer. Ich war wieder dort, wo ich den Stein herausgerissen hatte. Auf der Suche nach einem Griff steckte meine Hand in einer kaltfeuchten Masse aus Fell und glitschigem Brei.

Schrecken und Ekel. Ich würgte und wollte doch meinen rotierenden Magen nicht freigeben. Wie hätte ich meine Spuren beseitigen sollen. Schließlich durfte ich nicht hier sein.

Meine Gedanken überschlugen sich. Sollten das die Überreste von Nonnas Grauli, ihrer verschwundenen Katze, sein ...? Die Geschichte von Edgar Allan Poe mit dem schwarzen Kater schoss mir durch den Kopf und ich verbot mir, weiter zu denken! Das war zu viel, mein Magen drehte sich um, unaufhörlich als wäre eine Schleuder in meinem Bauche. In der Ferne beendete Mentes scharfe Stimme mein Würgen, die irgendwo wieder mit Certo keifte. Das gab mir die Richtung, um endlich die Treppe zu finden. Als ich die Kellertür erreichte, konnte ich mich unbemerkt ins nächste Badezimmer schleichen. Es gab kaum genug Wasser, um mir diesen fauligen Gestank abzuwaschen.

Später drückte ich mich in den hintersten Winkeln des Gartens herum. Ich brauchte frische Luft, unendlich viel Frische. Das Licht der Sonne erhellte mich nicht und das intensive Grün, das mich umgab, lastete wie eine schwere Trauer.

Die Kellermauern hafteten wie ein Kerker an mir. Es war wie ein Sog, dieses Loch in der Wand, als würde es mich rufen, als sagte es: »Du hast noch nicht ganz hinein gesehen!« Und das Loch wurde zum Tunnel, in den ich hineinfiel. Es dröhnte tonlos. Eine rasende Fahrt, die auf der Stelle stehenblieb. Ich kam nicht voran, nicht durch den Tunnel durch. Panik, in den Wahnsinn zu stürzen, durchdrang mich. Der Wahnsinn, in dem es keine Bewegung und darum keine Zeit gab. Und ohne Zeit und Bewegung gab es kein Entrinnen. *Das* musste die Hölle sein: Bewegungsloser Sturz durch den Tunnel der Panik ohne Zeit.

Erst langsam spürte ich die Schrammen an Kopf und Händen. Der kühle Wind im Schatten der Bäume hatte etwas Tröstendes und erinnerte mich an die Weite des Meeres, an die untergehende Sonne über den Dünen und ich wurde ruhiger. Die Gedanken formten sich wieder. Ich musste mir eine große Taschenlampe besorgen. Umberto war für diese Dinge die beste Fundgrube.

Ich ging auf mein Zimmer und kramte das alte Pfadfindermesser hervor. Das hatte mir früher

Schutz bedeutet, wenn ich allein im Hause war, zurückgelassen, als ich zu klein war für die Vergnügungen der Großen! Ich hatte damals immer Angst vor Einbrechern und darum ging ich mit meinem Messer zu Bett. Jetzt musste ich selber ein Einbrecher sein, wenn auch im eigenen Haus im verbotenen Keller.

Das Abendessen verlief wie immer. Nonna war, wie so oft, unterwegs. Kein Mensch bemerkte meine Schramme am Kopf. Mente zerfurchte wieder einmal mit tiefen Stirnfalten die Atmosphäre und hielt Certo auf Trab und wir anderen hatten es eilig, der Stimmung zu entkommen, aßen hastig und verdrückten uns auf unsere Zimmer.

Später schlich ich zu Umberto. Er gab mir ohne zu Zögern seine Taschenlampe. Seit Rosina fort war, brauchte er sie kaum noch. Er hatte die Kreise seiner Abenteuer weiter gezogen und war wenig zu Hause. Als ich wieder hinaus auf den Gang schlüpfte, zwinkerte er mir mit einem breiten Grinsen zu. Es war offensichtlich, was er vermutete. Er zwinkerte mir zu und zeigte mir seinen Daumen hoch. Ich wollte, er hätte recht gehabt. Wie viel lieber wäre mir ein Abenteuer nach Umbertos Art gewesen. Wohin es mich zog, da wollte ich nicht sein, und doch hatte ich keine Wahl. Ich war wie von einer fremden Macht getrieben.

In meinem Zimmer saß ich reglos wie gelähmt und lauschte den letzten Geräuschen des Abends, die in ferne Laute der Nacht übergingen. Ich konnte mich nicht bewegen. Ich musste warten, bis alles schlief, um nachzusehen und zu erfahren, was ich nicht wissen wollte und wohin es mich doch zwanghaft trieb.

Ich schwitzte vor Reglosigkeit trotz des kühlen Nachtwindes, der mein Fenster mit langsamem Quietschen öffnete. Ein paar klatschende Flügel entfernten sich draußen. Eine späte Krähe auf ihren Heimflug und riss mich aus meiner Starre. Langsam ergriff ich Taschenlampe und Messer, verbarg beides so gut es ging für den Fall, dass ich jemandem begegnen sollte, und machte mich auf den Weg durch die drückende Stille des Hauses in den Keller. Es kam mir unendlich lang vor und noch nie fühlte ich mich so an einen Ort getrieben, an den ich nicht gehen wollte.

Ich öffnete die Kellertüre. Das leichte Knarren ängstete mich. Ich hatte es vorher nicht wahrgenommen. Ein schwarzes Loch gähnte mir entgegen. Sofort leuchtete ich mit dem suchenden Kegel der Lampe den Weg die Treppe hinunter, das Heft des Messers fest umschlungen in der anderen Hand. Ein penetranter Geruch von Nitro stieg mir in die Nase. Der Boden war frei. An der Wand stand ein Gestell mit allerlei Dosen, Schachteln und leeren Flaschen. Daneben eine Kommode, die frisch gestrichen war. Die Pinsel mit Verdünner standen davor. Es musste jemand aufgeräumt haben. Ich zitterte. Welche Wand war es, die ich versehentlich geöffnet hatte? Die freien Wände waren unversehrt. Ich leuchtete so gut es ging hinter das Gestell. Auch hier schien alles vollständig.

Ich verstand nichts mehr und ließ die Lampe sinken. Da sah ich mitten im Kegel eine kleine Blutspur auf einem Stein an der Wand. Das musste die Stelle sein, wo ich mit dem Kopf gegengeschlagen bin. Einen Meter weiter nach rechts war heute Nachmittag das Loch gewesen. Jetzt stand das Gestell davor. Ich nahm eine Schachtel aus dem Regal und da sah ich die frischen Fugen. Alles war sorgsam wieder zugemauert. Es schauderte mich und ich meinte eine drückende Gegenwart zu spüren. Ich fühlte mich wie im Traum: Ich wollte laufen und ich klebte am Boden fest, die Knie wurden weich, die Kraft schien aus ihnen heraus zu sickern. Ich konnte nicht aufwachen. Es war kein Traum. Angst trieb mich fort, doch ein Drang nach Wissen heftete meinen Blick auf die frischen Fugen.

Nach ewigen Sekunden nahm ich das Messer und kratze den Mörtel aus den Fugen. Ich fieberte, sog heftig die nitrogetränkte Luft ein und rüttelte vorsichtig den ersten Stein heraus, dann noch einen und noch einen. Als ich hineinleuchtete, sah ich etwas Pelzartiges. Ja, es war ein Katzenfell. Ich dankte dem Nitroduft, unterdrückte allen Ekel und tastete hinein. Das Fell war feucht von der Kellerwand und umhüllte einen harten Gegenstand. Ich fingerte und zog es heraus. Es war ein altes Bajonett, wie sie auf den Kriegsfotos zu sehen waren. Was sollte das bedeuten? Wieder spürte ich eine drückende Gegenwart, ein Kribbeln im Rücken und ein Stechen in meinem Brustbein.

Das Katzenfell legte ich zurück in das Loch, schob die Steine an ihren Platz und stellte vorsichtig die Schachtel wieder ins Regal – hatte ich ein Schluchzen gehört? – nein, das war sicher das Knirschen der Schachtel auf dem sandigen Mörtel, der auf dem Regal liegen geblieben war. Das Bajonett behielt ich, ohne es zu merken, in der Hand. Meine Taschenlampe durchbohrte das Dunkel einer unendlichen Trauer, und bevor mich die Schwere in die Erstarrung drückte, ergriff ich so schnell und so leise wie möglich die Flucht.

Ich war froh, als ich wieder in meinem Zimmer war und schloss die Tür doppelt ab. Ich fühlte mich ohnmächtig und war verwirrt. Das Bajonett hielt ich noch immer in der Hand. Was sollte ich tun? Vergessen konnte ich das alles nicht. Der Stachel der Fragen saß zu tief. Wem gehörte dieses Bajonett? Wer hatte das Ding im Keller eingemauert und warum in aller Welt? Das konnte nur einen bösen Grund haben! Der Ekel kroch wieder in mich hinein. Ungewissheit und Ahnung ließen mich nicht mehr los. Das Bajonett wurde unendlich schwer in der Hand. Ich versteckte es im hintersten

Winkel meines Schrankes. Morgen wollte ich ein richtiges Versteck dafür suchen.

Ich fühlte mich wieder leichter, der Schmerz im Brustbein wich. Ich legte mich auf das Bett, um nachzudenken, was jedoch nicht gelang. Ich sank in einen tiefen Schlaf, dessen Träume in behütetem Dunkel blieben.

7. Kapitel

Der Wanderer

Vera saß still auf ihrem Stuhl. Ihr Blick wanderte in den Park hinaus. Die Blätter der alten Bäume glänzten vom Regen, der ein sanftes Rauschen in den Morgen hängte, unterbrochen von einigen Vogelrufen. Verirrte Tropfen auf den Fensterscheiben überließen sich der Schwerkraft, rutschten ein Stück am Glas entlang, schienen wieder Halt zu finden, verharrend wie unschlüssige Wanderer, um bald darauf loszulassen, sich dem Fallen zu übergeben und sich auf dem Holz des Fensterkreuzes zu vereinen.

Es nieselte seit Tagen. Meine Gedanken hingen im Gestern. Ich hatte mit Rosanna im Auto gesessen und die Nässe war ein Grund, nicht gleich auszusteigen. Wir waren ins Gespräch vertieft. Die Dunkelheit vertrieb den Tag und der Hof war leer.

Wir kamen zusammen von unserer Yogagruppe und hatten viel zu philosophieren. Die alten Chinesen mit dem I Ging waren ein großes Thema für uns und wir benutzten dieses Buch oft: Wie zufällig war ein Orakel? Wie viel Abhängigkeit bestand zwischen Menschen und Dingen, Lebendigem und Materie, im Sinne von Ursache und Wirkung? Und wie waren die Möglichkeiten der Vorhersehbarkeit? Konnte man mit einem System aus sechs Komponenten – die einzelnen Striche eines Zeichens – die jede in sich wieder vier Zustände, Yin und extrem Yin, Yang und extrem Yang, darstellten, eine ganze Welt erfassen?

Rosanna hatte sich mit Psychologie und C. G. Jung befasst und erklärte mir in ihrem erstaunlich leichten Akzent: »Siehst Du, wir haben hier nur eine frühe Form von Archetypen, die sich insgesamt in vierundsechzig Zeichen gliedern.«

»Vielleicht«, meinte ich, »aber sind die Archetypen nicht so eine Art Übergang aus dem Unendlichen, Unfassbaren zum Fassbaren der Form, während die vierundsechzig Zeichen bereits eine konkrete, fassbare Form darstellen?«

»Ok, ok«, erwiderte sie, »aber wichtig ist doch, wie die Verbindung aus den unendlichen Möglichkeiten zur endlichen Wirklichkeit zustande kommt, und wie es möglich ist, aus der heutigen Wirklichkeit einen Zugriff zu bekommen zu den möglichen Wirklichkeiten von morgen?«

»Yeah, Rosäääänn!«, ich wusste, dass sie es nicht mochte, wenn ihr Name so breit ausgesprochen wurde, »das ist genau der Punkt, den ich durch den Vorgang und den Moment der Befragung des Orakels, also den Münzenwurf, treffe, dort, wo meine Wirklichkeit sich mit meinen Möglichkeiten synchronisiert.«

»Right! Genau da ist der Synchronpunkt! Also erhalten wir Parallelbilder zu den Urformen einerseits und den konkreten Lebensformen andererseits. Und weil diese Darstellung synchron ist, zeigt sie uns die nächsten möglichen Schritte im Leben auf, und – ob sie denn förderlich sind oder nicht.«

»Und dieser Synchronpunkt wird im I Ging als Bild dargestellt, womit wir eine Verbindung zu beiden Welten haben. Das Bild spiegelt ja intuitiv das Unfassbare und reicht aber auch bis ins fassbare, konkrete Leben hinein. Wären wir da nicht wieder bei Deinen Archetypen?«

Sie lächelte und schwieg einen Moment. Dann fügte ich hinzu:

»Und das Großartige ist, dass hier dem Fragenden das Handeln überlassen wird. Er hat meist eine Möglichkeit, etwas zu tun ... oder zu lassen.«

Sie sah mich von der Seite an. War ich mir sicher, dass ich das so großartig fand? Ich, der ich mehr Betrachter der Welt, denn Handelnder war? Ich dachte über das Zeichen Nr. 56, »Lü/Der Wanderer« nach, welches ich morgens geworfen hatte:

»Das Bild des Feuers über dem Berg: Der Berg steht still, das Feuer flammt auf und verweilt nicht. Darum bleiben sie nicht beisammen. Fremde, Trennung ist das Los des Wanderers.«[1]

---

1 I Ging, Eugen Diederichs Verlag 1967, Übersetzung von Richard Wilhelm

Bezog sich das Zeichen auf mich allgemein, was mich nicht gewundert hätte? Meine Heimatlosigkeit hatte gewisse Formen angenommen. Die Antworten des I Ging waren meist konkret für den *Moment*. Das verwirrte mich, denn etwas prickelte zwischen Rosanna und mir.

Sie kam aus Amerika, aber ihre Vorfahren waren aus Neapel. Die schwarzen Haare und das markante südländische Gesicht faszinierten mich. Wir rückten näher zusammen. Das Nieseln war in einen dauerhaften Regen übergegangen, der mit seinem leichten Trommeln auf dem Blechdach des Wagens ein Gefühl der Geborgenheit verströmte. Wie schön waren doch die alten Autos mit Lenkradschaltung! Eine durchgehende Bank, ohne das ein Konstrukteur den menschlichen Beziehungen einen (Schalt-) Knüppel zwischen die Beine geworfen hätte.

Yin und Yang schienen sich zu harmonisieren, zärtlich entgegenzukommen in dem Versuch, sich zu vereinigen. Der Wanderer suchte eine Heimat für sein Herz, und er suchte sie im Pol der Weiblichkeit. Doch zu verschmelzen schien der

Polarität nicht zu gelingen. Das Herz des Wanderers war nicht froh. Und das mochte ein Grund sein, der zum Weiterwandern trieb.

Rosanna hatte ihre Periode und schien damit eine Grenze zu ziehen. Wie sehr es für mich damals eine Grenze war, kann ich heute nicht mehr sagen. Jedenfalls war ich unsicher, spürte im Untergrund einen Widerhaken. Ich hatte es bereitwillig bei unserer Zärtlichkeit bewenden lassen.

Mein Blick hing noch immer an den Regentropfen, die sich stets neu auf den Fensterscheiben bildeten, fraglos der Schwerkraft gehorchend. Ich kam zurück in die Gegenwart. Vera's Haare hingen nass und strähnig auf das Handtuch über ihren Schultern, während ich in Gedanken an gestern hinter ihr am Tisch stand und drei frische Rasierklingen auslegte. Ein diffuses Licht lag im Raum. Ich setzte die Klingen behutsam in ein Kammdreieck, schloss es und ging ans Werk. Haare Schneiden war eine kleine Leidenschaft von mir. Das eigentümliche Geräusch beim Ziehen der Klinge über das Haar hätte mich verführen können, einen Kopf kahl zu scheren. Dieses rauhe Gleiten fuhr mir bis in die Brustwirbel. Natürlich beherrschte ich mich. In einem geheimen Winkel meines Inneren bewunderte ich das Vertrauen, das einige meiner Mitstudenten in meine Schneidkünste setzten. Ich benutzte zögernd eine Schere und nie ein Rasiermesser. Heute weiß ich, warum.

Kalle, unser Skandinavier, kam zur Tür herein auf dem Weg in eine Vorlesung. Er hielt mit einer Hand seine schulterlangen blonden Haare vor mir und meinen Klingen mit breitem Lachen fest. Es war die Zeit der Beatles und von Flower-Power. In der anderen hatte er, wie so oft, seine nordische Hirtenflöte, die er gleich darauf ansetzte und eine Perlenkette zarter Naturtöne durch das Zimmer schweben ließ. Ich schnitt die letzten Haarspitzen an Vera's Nacken und entließ sie.

Am Abend gingen wir ins Kino, Kalle, Vera, Rosanna und ich. Es regnete noch immer. Als wir die Altstadt erreichten, war es schwierig, einen Parkplatz zu finden. Es blieb uns nichts anderes übrig, als ein Stück zu laufen. Halb durchnäßt kamen wir in das Kino. Klamme Kleider auf hölzernem Gestühl und der muffige Geruch, den sie verbreiteten, gab den Auftakt zu einem langersehnten Vampirfilm. Rosanna saß neben mir. Die Spannung wuchs und dann drückte sie sich an mich, schutzsuchend und presste mir das Messer in meiner Jacke an die Rippen. Ich legte meinen Arm um sie und meine Hand spürte die haarige Nässe ihres Pullovers. Die Erinnerung an einen süßlich-faulen Gestank war schwer zu verdrängen, während auf der Leinwand gerade ein Sarg geöffnet wurde, an der Wand der Schattenriss eines Armes mit einem langen, spitzen Pflock. Ich kämpfte gegen die Übelkeit. Das Gemäuer im Film glich dem unseres Kellers und das Gefühl in meiner Hand weckte Erinnerung in meinen Zellen. Zum Glück wechselte die Szene bald in eine herrlich weiße Winterlandschaft und die Komik der furchtlosen Vampirkiller lenkte mich von meiner Erinnerung ab.

Einmal auf Rosannas Schulter traute ich mich nicht, meine Hand wieder wegzunehmen, obwohl sich die Geruchserinnerung unlösbar mit Rosanna verbunden hatte. Er klebte imaginär an ihr und überschattete alles, was vorher an ihr schön gewesen war. Ich war froh, als wir wieder aufstehen konnten und ins Freie kamen.

Es hatte zu regnen aufgehört. Wir gingen in den Peterskeller und der Edelvernatsch spülte die unedlen Gerüche hinweg. Ich hatte entdeckt, wie ich durch meine Nase sah und fühlte, wie die Erinnerung an einen Geruch das Auge beeinflusste, denn das schöne Bild Rosannas war verblasst. Vera erstrahlte daneben in geruchsneutralem Glanz, während der Wein alles Wünschen in zufriedenere Zuversicht hüllte.

Wir hingen den Vampiren nach und verlegten uns auf die unterhaltsame Art des Gruselns. Vera konnte unserem Humor höchstens zögernd folgen, was Kalle und mich umso mehr beflügelte. Unsere eckzahnbewährten Phantasien ergingen sich in Kapriolen. Wir waren schon dabei, einen eigenen Film zu entwerfen, bauten die meisten unserer Kollegen in die neue Handlung ein und hatten bald ein eher zynisches Epos zusammen geschustert, an dem wir selber die größte Freude hatten.

Zu Hause saß ich dann eine Weile bei Vera auf dem Zimmer und versuchte, ihre geruchsneutrale Nähe zu erobern. Eine Zeitlang ließ sie mich gewähren. Behutsam gelang es mir, einige Knöpfe zu öffnen und sie von ihrer Bluse zu befreien. Mutig tastete ich mich bis zur blassen Haut vor. Ihre Begeisterung ob meiner Zärtlichkeiten hielt sich in Grenzen und mit der Entdeckung ihrer wunderbaren Brüste war mir dann Einhalt geboten, auf mehr wollte sich ihre jungfräuliche Ader nicht einlassen. Vera bevorzugte neutrale Vorgänge und das sollte so bleiben. Veramente!

Rosanna, die die mir notwendige Distanz bemerkt hatte, wandte sich in den nächsten Tagen meinem Freunde Janos zu. Auch das währte nicht lange. Denn als hätte Janos die ähnliche Nase wie ich, ging er bald auf Abstand zu ihr. Ohne das wir darüber geredet hätten, schien er das Gleiche zu empfinden wie ich. War ein gewisser Hauch um Rosanna, der am Ende Abstand schuf, oder hatte ich dieses Phänomen in Gang gesetzt? Ursache und Wirkung? Der Gedanke war mir unheimlich. Bald darauf wandte sich Rosanna transzendenten

Dingen zu und verließ uns. Niemand wusste, wohin sie zog. Wir verloren sie aus den Augen.

Lü, der Wanderer.

»Der Berg steht still, das Feuer flammt auf und verweilt nicht. Darum bleiben sie nicht beisammen. Fremde, Trennung ist das Los des Wanderers.«

8. Kapitel

Traum

Dichter Nebel. Ich muss die hohen Stufen im großen Rund ertasten. Schritt für Schritt steige ich hinab. Ich weiß, ich kenne diesen Ort. Ich weiß nur nicht mehr, woher. Mir fehlen die Zusammenhänge.

Stufe für Stufe komme ich langsam hinunter auf eine Ebene, eine Bühne. Mächtige Steinplatten mit hohen Säulen dahinter, silhouettenhaft und eingehüllt in erfülltem weißen Schweigen. Ich schaue an den Säulen hinauf, folge den Kanneluren himmelwärts bis zu den korinthischen Kapitellen, die gigantisch und doch leicht über mir thronen.

Der Nebel lichtet sich und hinter den alten Mauern des Amphitheaters liegt eine liebliche Landschaft in der sich neigenden Sonne. Die Luft ist warm und streichelt angenehm die Haut. Ein Weg teilt das wellige Grün von Grass und Sträuchern. Die Grillen zirpen und hier und da wirft ein Baum seine wachsenden Schatten in den kommenden Abend. Alles ist friedlich. Ein sanfter Hauch verbreitet wohlige Düfte der blühenden Büsche.

Als ich meinen Olivenbaum erreiche, löst sich eine Gestalt aus den Sträuchern des Gartens, der unweit in der Sonne glüht. Merlina eilt mir entgegen. Ihr weiches, weites Gewand scheint kaum mit ihr schritt halten zu können, und während es emsig hinter ihr her flattert, zeichnet sich ihr nahezu vollkommener Körper deutlich unter dem leichten Stoff ihres Kleides ab. Wir fliegen uns stürmisch in die Arme, die Kleider bekommen Flügel, wehen davon und wir sinken ineinander verschlungen zu Boden. Wir winden uns wie Süchtige, wortlos und ich weiß, dass ich nicht bleibe.

Ich höre mein Pferd wiehern, es klingt wie Mentes hysterisches Lachen. Ich muss weiter, bin zögernd, gehalten und doch getrieben. Das Mitleid, das Merlinas traurige Augen in mir aufkommen läßt, ertrage ich nicht. Ich löse mich von ihr, sitze auf und galoppiere davon, der untergehenden Sonne entgegen. Ich weiß, dass sie warten wird und ich weiß, dass ich nicht zurückkehre.

Wir reiten den Hügel hinauf. Der Schweiß von Pferden und Menschen lastet auf der Landschaft. Die Hitze ist drückend. Die Sonne blendet. Gefahr liegt in der Luft. Und da, wie aus dem Erdboden gewachsen, stehen wir einer Wand von blanken Speeren gegenüber. Mein Entsetzen ist bodenlos. Ich höre mich zur Seite schreien: »Attentione Centurio!«, sehe seine Klinge blitzen, hinter der er mit breitem Grinsen unter knolliger Nase zurückruft: »Ceeertooo!« Das Donnern der Pferdehufe trägt ihn davon. Ich komme nicht mehr voran. Alles stockt, wird schwarz. Ein stechender Schmerz unter dem Brustbein.

Ich wache auf, schweißgebadet. Der Schmerz ist noch da. Und die traurigen Augen von Merlina hängen dumpf im Dämmergrau, das Gesicht ist im Nebel. Die Konturen habe ich verloren. Und noch etwas war da verloren, von dem eine vage Stimmung blieb, diffus und flüchtig und ohne nennende Namen.

Der Morgen schlich sich träge ein, endlos und schwerfällig. Als der Schmerz endlich nachließ sackte ich ab wie ein Stein in ein abgrundtiefes Meer des Schlafes.

Ich blinzle in ein milchig weißes Licht. Wieder Nebel, der die Berge verschluckt und er liegt schwer auf der Landschaft. Die Welt ist verlangsamt und zwischen innen und außen hat sich ein Zwischenraum gebildet, eine sich öffnende Naht, die mich gefangen hält.

Es hatte den ganzen Tag geschneit. Der Schnee dämpfte die Geräusche, alles wurde gemächlicher. Nur die fallenden Flocken waren in emsiger Bewegung. Das heißt, nicht nur sie, denn meine Gedanken wirbelten ebenso heftig durcheinander, wie die weiße Pracht da draußen. Ich schaute nicht hinaus. Ein Druck lag auf meinem Kopf. Meine Augen waren fixiert auf eine Klinge, auf deren glatter Schneide sich langsam ein Blutstropfen den Weg nach unten bahnte, wie in Zeitlupe, um unten an der Spitze zu verweilen, bis die Spannung seinen Halt zerriss, ihn freigab in die Leere des Raumes, die er, kaum erkundet, schon durchmessen hatte, um auf dem unnachgiebigen Boden in einem roten Flecken zu zerplatzen. Und schon bildeten sich der zweite und der dritte Tropfen, mit dem das dünne Rinnsal auf dem scharfen Stahl zur Ruhe kam, einer täuschenden Ruhe, denn es war das trügerische Bild des kurzen äußeren Stillstandes, hinter dem es ahnend fieberte. Wie durch einen lähmenden Schleier von Wahnsinn hallte die Erinnerung an Mentes Stimme wie aus einem riesigen Kellergewölbe an mein inneres Ohr: »Warum nicht gleich ein Messer nehmen ...!«

Wer hatte dieses Messer genommen? War es denn ein Messer, lang wie es war? War es nicht eher ein Bajonett? Ich hatte unendliche Mühe, meine Gedanken zu ordnen. Ich nahm die Exkremente einer Wut wahr, die mit unbeschreiblicher Dichte im Raume hing, deren offensichtliche Auswirkung vor mir lag und die zu spüren ich nicht in der Lage war.

Jetzt, nach so langer Zeit, halfen die Gedanken an Cornelia nicht mehr, die innere Verzweiflung in ein tröstendes Bild zu verwandeln. Sie war lange verblasst, verteilt in viele Gestalten oder zurückgeblieben an den vielen Kreuzungen auf meinem Wege.

Wie langsam tropft Reales in die Gegenwart des Bewusstseins über die klaffende Nahtstelle von Innen und Außen hinweg, langsam wie das versiegende Rinnsal von Blut auf der Schneide. Und die Realität machte sich einen Moment lang in Form eines immer penetranter werdenden Geruchs bemerkbar. Ein Fenster, das sich gleich wieder im Zuge der wirbelnden Gedanken in den Hintergrund drehte, von wo es seine üble Dünstung fortsetzte.

Wie kam diese Klinge in meine Hand? Automatisch, wie ein braves Kind den Gegenstand, den es genommen hat, an seinen Ort zurücklegt, führte ich das Bajonett zurück zu der Brust, aus der ich es gezogen hatte, setzte die Spitze behutsam auf die schmale Öffnung unter der linken Brustwarze und drückte es zwischen die zwei Rippen hinein. Es wurde mir vage bewusst, dass ich erstaunt war, wie leicht und geräuschlos die Klinge an ihren Platz zurückglitt, ein eher glitschiges Gefühl ohne den erwarteten Widerstand und ohne einen Ton, der an das Knirschen der Knochen erinnern könnte. Die

Tatsache, Fingerabdrücke hinterlassen zu haben, berührte meine Aufmerksamkeit nicht.

Es war hier wieder etwas, das ich nicht verstand. Mein Zustand hatte sich auf einen schmalen Grat zwischen Trance und Wachheit begeben. Es war mir alles unverständlich. Woher war Rosanna plötzlich wieder aufgetaucht. Wie lange lag sie hier? Und wer sollte sie umgebracht haben und warum? Hatte es mit diesem ›Duft‹ zu tun, der sie umgab, seit wir zusammen im Kino waren und den auch Janos gespürt haben mochte? Hatte meine Nase die Wahrnehmung über die Schwelle der Zeit in Zukünftiges hinaus gestreckt?

Unwillkürlich fasste ich mich an die Brust. Der Stoff meiner Jacke war weich und gab nach. Ich tastete. Wo war mein Messer geblieben? Hatte ich vergessen, es wie sonst einzustecken? Mir war kalt! Der Geruch von Rosannas Leiche und der meiner Erinnerung an den Keller vermischten sich. Die Feuchtigkeit mit dem süßlichen Hauch der Verwesung stieg mir in die Knochen und mir wurde übel.

Ich kauerte am Boden, die Hände auf den Bauch gedrückt. Ich nahm ein Schluchzen war, und ich erschauderte. Vorsichtig hob ich den Kopf und schaute auf. Dort drüben am Fenster, eine Silhouette im trüben milchigen Licht, stand Rosanna mit leeren Augen und halb geöffnetem Mund: ein stummer Abgrund, der ein entferntes Schluchzen frei gab.

Mein Magen begann wieder zu rotieren und ich beeilte mich, die Toilette zu erreichen. Es half nicht, sich zu übergeben, die erwartete Erleichterung blieb aus. Jeder Versuch, das Üble auszukotzen, scheiterte. Die Übelkeit blieb in einem kreisenden Schwindelgefühl, das mich gefangen hielt. Sie war nicht loszuwerden.

Würgend und mit brummendem Schädel erwachte ich endgültig. Fiebernd und verschwitzt torkelte ich zur Toilette und endlich konnte ich mich erleichtern, wenigstens eine Zeit lang, denn das Fieber war hoch und hielt an. Eine gewaltige Grippe hatte Besitz von mir ergriffen. Janos lag ebenfalls darnieder. Er hatte sein Zimmer im Nachbarhaus und wir sahen uns eine Zeitlang nicht. Ich hatte keine Gelegenheit, mit ihm über die ganze Geschichte zu sprechen.

Später, als das Fieber vorbei war, hatte ich den Kontakt zu diesem Traum und seinem Inhalt verloren, und er geriet in Vergessenheit.

9. Kapitel

Das Picknick

Ostern war spät in diesem Jahr. Alle freuten sich auf warme Feiertage. Es gab allen Grund dazu, denn sie Sonne strahlte seit einer Woche, als gälte es, mit dem schönsten Sommer zu wetteifern. Die Menschen waren nach einem lang anhaltenden und für diese Region ungewöhnlich schneereichen Winter ausgehungert nach den wärmenden Strahlen und der grünen Natur.

Kalle und Janos kamen über den Hof und wir beschlossen, heute irgendwohin hinaus zu fahren und ein Picknick zu machen. Schnell fanden sich ein paar Begeisterte. Vera war mit von der Partie, wenn auch mit Abstand mir gegenüber. Das störte mich nicht mehr.

Wir fuhren hinauf in die Wiesen, stellten am Rand eines Waldes unsere Autos ab, kletterten über Zäune und breiteten auf einem schönen Hügel unsere Decken über den grünen Klee. Es war herrlich warm, aber die Sonne brannte noch nicht. Wir saßen inmitten der Natur, aßen, tranken und freuten uns des Lebens. Kalle war, wie meistens, guter Dinge. Das steckte an und bei mir schlich sich eine seltene Unbeschwertheit ein. Er nahm bald einmal seine Gitarre und spielte quer durch Beatles und Folklore und es öffnete sich meine klassische Enge mit seinem Improvisieren. Das hätte ich immer gerne gekonnt. Die Klänge seiner norwegischen Weisen mit ihrer ursprünglichen Kraft und Melancholie gingen mir unter die Haut. Er zeigte mir eine Seite des Lebens, die ich nicht gelernt hatte, und ich konnte sie durch ihn spüren. Alle Filter, die sich üblicherweise und mit stetigem Urteil vor den Ausdruck meines Seins schoben, waren wie aufgelöst. Ich fühlte mich wie ein neuer Mensch, ein Mensch, mit dem ich mich wohl fühlte.

Wir fingen an zu blödeln, verstrickten uns in einen spielerischen Kampf und begannen eine Verfolgungsjagd über die hügeligen Wiesen. Er schlug Haken, ich blieb ihm auf den Fersen, erreichte ihn und wir fielen ins Gras, überschlugen uns, rollten den Hang hinab und konnten nicht mehr aufhören zu lachen.

Es war für mich ein Blick ins Leben mit einer Vitalität, wie ich sie dort das erste Mal bewusst erlebte. Ich wollte es halten, dieses Gefühl, lebendig zu sein. Es fiel mir auf, dass ich jetzt herumtoben konnte, ohne eine Beengung des Atems zu spüren, die meine Bewegungen sonst in ein Maß verbannte, in dem mir nicht wohl war; und dieses Unwohlsein mit mir selbst oder besser meinem Lebensausdruck wurde mir das erste Mal bewusst, wenn auch nur in Form eines kleinen Fensters in einen neuen Raum, den ich nur kurz und noch nicht ganz betreten konnte.

Ich bekam Mut, und dieser unerwartete Mut zu sein und Luft zu haben, diese Erlösung von lebenslangen Grenzen, wuchs bis hin zum Übermut. Darauf gab es dann bald einmal die eine oder andere Reaktion aus meiner Umgebung, und die Grenzen waren bald wieder da. Etwas blieb, eine Erinnerung an ein Gefühl, ein Dasein, dass einmal groß und schön gewesen sein musste, irgendwann weit zurück, und das sich auf diesen Punkt der Erinnerung zurückzog: die Auflösung des Dürfens in die Freiheit des Seins. Und mit diesem Funken des Gedächtnisses schwang unterschwellig die unendliche Traurigkeit des Verlorenen mit.

Es sollte viele Jahre dauern und viele Wege sollten zurückgelegt werden, bis ich näher an dieses Verlorene herankommen konnte.

10. Kapitel

Mentes Gesang

Ein neuer Tag war da, weder sonnig noch trübe. Steinhaufen hinter der Terrasse, Trümmer, auf denen das Unkraut und die Trümmerblumen wuchsen. Dieser Tag in meinem jungen Leben begann seinen gewohnten Gang. Ich sang munter vor mich hin, nahm die Töne, wie sie kamen, ohne sie zu begutachten oder ihnen einen vorbestimmten Platz zu geben, der sie einengen könnte. Nein, ich ließ ihnen ihren freien Lauf. Und das war für mich die einzige Weise, meine Töne in die Welt zu entlassen, obwohl Mente mir des Öfteren zu verstehen gegeben hatte, dass ich doch sooo falsch sänge! Das war wieder etwas, das ich nicht verstand. Wie konnte Mente denn wissen, dass ich falsch singe, wenn sie gar nicht wusste, *was* ich singen wollte. Wenn ich genauso sang, wie ich es wollte, dann *mußte* es richtig sein! Also sang ich weiter, klein und unschuldig, ohne zu verstehen.

Eines schönen Morgens, Rosina hatte wieder ihr morgendliches Ritual in meiner Gegenwart beendet, war getrocknet und gekleidet, und ging fröhlich ihrer Arbeit nach, stimmte ich, ebenfalls bester Dinge, in die unbeschwerte Heiterkeit mit ein – und sang, wie ich es denn gewohnt war: den Tönen ihre Freiheit gebend, ihnen folgend, wo immer es sie hinzog. Ich kreuzte Mentes stirnfaltenbewehrten Gang durch die Gemächer und war auf die eine oder andere Art im Wege. Nicht, dass sie es mir gesagt hätte. Sie sah mich nicht an, sie wischte Staub. Und während ihr Lappen vergeblich versuchte, ihren emsigen Bewegungen zu entkommen, führte sie ihn ungeduldig über die Bücherregale und bedeutete mir, ohne den Zeigefinger sichtbar zu heben, in einem quasi Rezitativo:

> »*Hähne, die frühmorgens kräh'n,*
> *hört man am Mittag weinen!*«

Sie nickte bedeutungsvoll und ihr Lappen verharrte einen Moment lang in Regungslosigkeit, als müsse er über einen schwerwiegenden Inhalt nachdenken. Damit versiegten sie, meine Töne, scheu geworden, denn der Mittag rückte gnadenlos näher, und sie wollten nicht Grund dafür sein, dass ich am Mittag weinte. Sie hielten sich zurück. Ich war zwar kein Hahn, aber das wussten meine Töne nicht. Sie versanken in Schweigen, und das Schweigen zog einen Schleier über die Welt, der den Morgen dunkler werden ließ – und den Mittag gedämpfter.

Der Mittag hatte seine eigenen Forderungen, denn Mente und Certo pflegten nach dem Essen immer der Ruhe vor der Welt. Das bedeutete für alles Nicht-Ruhende um sie herum strikte Einschränkung der Bewegungen und keinen Gesang, den schon gar nicht, denn der war ja falsch, abgesehen davon, dass er mit Geräusch verbunden war.

Es ist schade, dass es Nonna nie in den Sinn kam, um diese Zeit zu läuten und irgendetwas zu bestellen. Ich hätte gerne Mentes Anstrengung gesehen, ihren Unmut zu verbergen, um höflich zu erscheinen, eine Mühe, die sie sich mit mir nie machte. Vielleicht hat mich das Schicksal damals davor bewahrt, mitzuerleben, mit welcher Leichtigkeit Mente freundlich sein konnte, wenn die Person, um die es ging, den entsprechenden Rang bekleidete. Ich ziehe diesen Schluss aus späteren Erfahrungen, wo ich ein ebensolches Verhalten wiederholt bemerkte.

Beiläufig erinnere ich mich an einige ›Gute-Nacht-Lieder‹, die sie von sich gab, wenn ich denn rechtzeitig schlafen sollte. Sie stellte sich in Pose, widmete sich ihrer gesanglichen Technik und kontrollierte das Vibrato – wieder etwas, das ich nicht verstand. Ich fand nie heraus, wer oder was mit ihrem Gesang gemeint war. Sie wollte, soweit ich mich aus späteren Bemerkungen erinnere, einmal Sängerin werden. Ich konnte diese Töne, so richtig sie auch sein mochten, nie genießen.

11. Kapitel

Traum

Ein eigenartiger Himmel wölbt sich aus der Ferne, wie von hinten beleuchtet. Der Horizont, durchbrochen von den Silhouetten der Häuser und den dahinter liegenden Bergen, ist ein leuchtender Streifen. Es ist einer jener Tage, wo etwas in der Luft liegt, man weiß nicht, was. Ein unhörbarer Vorhall schwingt mit. Es ist ein rechtes Treiben auf den Straßen. Menschen laufen durcheinander und doch liegt über allem ein betrachtendes Verhaltensein, die Stille des nicht Geschehenen, das sich sammelnd keinen Lärm zulässt.

Wir sind eine Gruppe von Leuten. Was hat uns zusammengeführt? Meine Erinnerung ist träge und undurchdringlich.

Meine Aufmerksamkeit wird von den fernen Dächern angezogen. Ich sehe über den Häusern dunklen Rauch aufsteigen. Schwarzer Qualm verdichtet sich. Feuer flammt auf und bald hat sich ein gewaltiger Brand über die ganze Stadt gelegt. Menschen strömen auf die Straßen, Panik breitet sich aus. All die alten schönen Gebäude brennen lichterloh, das Mozarteum, Schloss Mirabell, der Peterskeller, die ganze Stadt – es ist meine Stadt.

Es fällt mir ein: Es ist Krieg! Und wir sind eine Gruppe auf der Flucht. Wir müssen weiter. Den Menschen in der Stadt können wir nicht helfen. Eine nüchterne Überlegung. Distanz. Es gibt nur den Weg zurück, alles andere birgt die Gefahr, von den Flammen eingeschlossen zu werden, das wird mir sofort klar.

Neben uns ragt ein Berg steil auf und der einzige Ausweg scheint ein enger Tunnel zu sein, der in den Berg und hinauf führt. Er ist gerade so weit, dass ich mich hindurch zwängen kann, wenn ich meinen Rucksack abnehme. Ausgewaschener Tuffstein, unregelmäßig wechseln sich Höhlungen und Wülste ab, um die ich mich herum schlängele. Am Ende der Windungen sehe ich einen Lichtschimmer. Oben komme ich auf einer

Straße an, gefolgt von einem Kameraden. Unsere ganze Gruppe, die da herumsteht, steigt in einen alten Omnibus mit einem bucklig runden Hinterteil.

Wie wir so fahren, fallen mir unsere Kleider auf. Sind wir kostümiert? Alte Klamotten aus den dreißiger Jahren? Ach ja, ich erinnere mich, wir befinden uns ja in der Zeit vom zweiten Weltkrieg. Hatte ich das vergessen? Betrachte ich meinen eigenen alten Film oder bin ich wirklich?

Inzwischen reden einige Leute holländisch. Wir sind jetzt in Holland. Ich sehe es an der recht schmalen Straße, durch die wir fahren und an der Art, wie die Häuser gebaut sind. Ist das der Grund, frage ich mich im Traum, warum ich heute gut holländisch reden kann? Doch mehr Rückschau als Gegenwart? Woher sonst der Gedanke? Die Frage nach der Wirklichkeit ist zäh und undurchdringlich wie ein dichter Nebel.

Wir gehen durch holländische Straßen und ich fühle mich wohl – die Menschen, die Sprache. Vor einer großen glatten Fassade machen wir halt. Ich weiß, hier sind wir eingeladen.

Wir kommen in eine Art Bistro. Die Menschen sind freundlich. Eine Bar, eine Treppe, die auf eine Galerie führt. Ich gehe nach oben. Neben mir in einem Liegestuhl sitzt eine junge Frau. Es ist aufregend, sie zu berühren, und ich versuche es zaghaft. Sie scheint es nicht ungern zu haben, sie schaut sich nicht um. Ich sehe sie von der Seite. Warum zeigt sie mir nicht ihr ganzes Gesicht? Sie erinnert mich an jemanden, aber an wen? Die schwarzen Haare, eine lange gerade Nase und ein ausgeprägtes Kinn. Meine Erinnerung ist wieder zäh.

Am Abend soll hier ein Fest sein und wir sind eingeladen. Ich hoffe, sie ist am Abend da. Ich will sie näher kennenlernen.

Inzwischen gehe ich wieder auf die Straße, denn ich möchte unser Hotel aufsuchen. Ich weiß nicht, wo es ist, auch den Namen weiß ich nicht. Ich muss mich durchfragen. Aber wie, ohne Namen?

Wo sind wir? Es heißt: In Reims! Wieso auf einmal in Reims? Wir waren in Holland? Habe ich zwischendurch etwas nicht mitbekommen? Keine

Party im holländischen Bistro, kein Kennenlernen dieser Frau. Warum bin ich nicht dortgeblieben? Was ist passiert? Habe ich ein Fenster in der Zeit verpasst, bin unaufmerksam an ihm vorbei geglitten, verträumt im Traum eines Traumes? Den Ausstieg, den Einstieg, die Zeit versäumt, verträumt? Die Erklärung fehlt. Der Traum hat mich weiter gespült wie das Schicksal einen unsteten Wanderer. Wandern in der Zeit? Es ist einfach so!

Ein früherer Traum bietet aus dem Hintergrund eine Schnittstelle an: Es ist wieder Krieg, oder immer noch. Ich bin desertiert nach Frankreich. Also gut! Frankreich. Champagner? Wir sind schließlich in Reims. Nein! Kein Fest!

Der frühere Traum führt in den Untergrund, die Résistance. Dunkle Gänge unter den Straßen, Abwasserkanäle. Ein offener Dohlendeckel. Es ist Nacht. Ich klettere hinauf und auf die Straße hinaus. Wieder Feuer. Es gab Bomben. Überall brennt es in den Straßen. Die Grenze ist nahe.

Ich kämpfe gegen meine Heimat, die mir fremder ist, als die Fremde. Und ich kämpfe im Untergrund, im Verborgenen.

»Das Feuer flammt auf und verweilt nicht. Fremde, Trennung ist das Los des Wanderers.«

Der Rest bleibt offen ...

Der Traum löst sich auf.

12. Kapitel

Die Grube

Es war ein wunderschöner Tag und die Sonne schien mit all ihrem Überfluss auf die frischgepflügten Felder, die sich bis zum Waldrand erstreckten. Schwer und schwarz lag die aufgebrochene Erde da und dampfte in der zunehmenden Wärme des Morgens.

Hier, am Rande des Dorfes lag eine verfallene Hütte, lange verlassen, die auf ihren Abbruch gewartet hatte. Neugierige Dorfbewohner schauten zu, wie die Reste abgetragen wurden.

Die älteren wußten zu erzählen, wie hier einst die junge Gruschenka gelebt hatte, mit einem Mann, der kurz vor dem Krieg aus einem westlichen Land gekommen war. Niemand hatte damals verstanden, dass er hiergeblieben war. Es war irgendetwas Politisches, sagte man. Eines Tages, der

Krieg ging gerade zu Ende, war er über Nacht verschwunden. Damals hätte sich niemand Gedanken drüber gemacht. Überall verschwanden Menschen, flohen von hier nach da. Die einen tauchten unter, andere wieder auf. Aber die junge Frau sei von da an nicht mehr bei Sinnen gewesen, hieß es.

Der Abriss schritt voran und jetzt wurde gegraben. Während die Zuschauer angeregt in alten Geschichten kramten, sich erinnerten, erzählten, wurde es plötzlich still an der Baugrube. Einige Arbeiter standen ratlos am Rand, einer kam aus der Grube, ging abseits und wandte sich ab. Er musste sich übergeben.

Die Menschen fingen an zu tuscheln und es wurde bald offenbar: Man hatte eine Leiche gefunden. Das heizte die Spekulationen an. War es der verschwundene Liebhaber? Hatte die junge Frau ihn umgebracht? War sie darum bald nach seinem Verschwinden ebenfalls verschwunden? Sie soll ja nach Westen geflohen sein.

Die Polizei kam, die Grube wurde abgesperrt, die Untersuchung begann. Was von der Leiche vorhanden war, ein Skelett mit Resten einer ausländischen Militärjacke, ließ nicht mehr viel für die Spurensuche übrig. Eines war jedoch deutlich zu erkennen: Zwei Rippen waren von einem spitzen Gegenstand durchbrochen.

Die Jackenteile waren an dieser Stelle unverletzt. Und dort kam eine vergilbte Fotografie zum Vorschein, auf der eine junge Frau vor einer Kirche zu erkennen war. Auf der Rückseite, kaum zu entziffern, stand: »Ritorna sano, Giovanni! Ti amo! Nella.« Italienisch, wie man bald herausfand. Hatte der Verstorbene eine italienische Frau oder Geliebte, wenn es denn seine Jacke gewesen war? Irgendetwas verunsicherte den hiesigen Kommissar. Und ob es der Eifer des Detektivs war, oder der Reiz, die inzwischen offeneren Grenzen zu erforschen, es war Grund genug, sich mit den Kollegen in Italien in Verbindung zu setzen. Dazu musste hier gründliche Arbeit getan werden, denn man wollte einen guten Eindruck bei den Kollegen machen.

Ein Steinchen kam zum anderen und viele sollten zusammen passen und ein Bild ergeben, ein Spiegelbild, in das nicht jeder in dem westlichen Lande gerne sah.

Seite 116

13. Kapitel

Die Austern

Die weite Halle war festlich gedeckt. Alles war in Erwartung eines außergewöhnlichen Abends. Es sollte ein Festmahl werden. Nonna hatte speziell dazu eingeladen, was inzwischen eher selten vorkam. Sie war zwar nicht ungesellig, pflegte aber ihre Kontakte meist außer Haus. Sie trat, wie gesagt, wenig in Erscheinung. Jedenfalls war dies immer mein Eindruck. So war es schon früher, als ich im Hause wohnte, und so war es heute noch mehr. Es fügte sich, dass ich zu diesem seltenen Ereignis im Lande war. Ich war lange im Ausland gewesen und kam nur sporadisch in die Gegend, die früher einmal Heimat war.

Nonna hatte eine Lieblingsspeise, und diese Vorliebe teilten nicht alle ihrer Hausgenossen, am wenigsten Certo, obwohl er eine gewisse Ähnlichkeit mit den Protagonisten dieses Mahles hatte, nämlich den Austern.

Auch er befand sich, wie die Austern, gern in seichteren Gewässern. Auch er haftete am mütterlichen Riff, angedockt mit harter Schale, unverrückbar statisch, vom Fluss der Dinge umspült, das Weiche in sich aufsaugend und in harter Schale konservierend. Es mögen diese Ähnlichkeiten der Grund dafür gewesen sein, dass Certo diese Meerestiere nicht mochte. Wer hat schon gern sein Spiegelbild, serviert auf einem Teller, vor der Nase, und wer würde es gerne versuchen, solche harten Schalen, spiegelbildgemäß, zu knacken.

Das festliche Ereignis sollte im Rahmen der Familie stattfinden, und so waren nur die engsten Bekannten eingeladen. Onkel Carlo war unter den Gästen. Obwohl er mich damals in die Fremde hinaus nötigte, war ich ihm nie böse. Die guten Zeiten bei ihm am Meer hatten sich zu tief eingeprägt. Ich meinte immer besser zu verstehen, weshalb es so sein musste. Denn obwohl Nonna eine weltoffene Atmosphäre hinterließ, wurde das Haus von einer eigenen Enge geprägt, die schwer zu beschreiben ist. Und da ich sie nicht erfassen konnte, brauchte ich mehr als nur Abstand, um mich, wenn auch langsam, aus dieser Enge zu lösen. Nonna hatte das gespürt und mich mit Onkel Carlos Hilfe auf den Weg geschickt. Es war, als konnte selbst sie nichts gegen diesen ›Hausgeist‹ ausrichten. Die Stärke, die sie anfangs für mich ausstrahlte, war nicht allgemein tonangebend, sie war auf mehr untergründige Weise eindrucksvoll.

Es war ein schöner Abend des beginnenden Herbstes. Die Dämmerung kam früher und die schwächer werdenden Sonnenstrahlen machten dem kühlen Abendwind Platz. In der Halle brannten viele Kerzen und verströmten ihr goldenes Licht. Man aß und trank, war fröhlich und lachte. Der Wein ging zur Neige und Nonna stand auf, um Nachschub zu holen. Heute mochte sie kein Personal am Tisch und so ging sie selber in die Küche.

Hier saß Certo, der sich schon längere Zeit an dieser gepanzerten Speise versuchte, Mentes missbilligende Blicke ignorierend. Die hin und wieder maßregelnden Bemerkungen, die sie in

Gegenbewegung zum Austernsaugen zwischen die Zähne hindurch zischelte – nicht zu laut, damit der Missklang nicht nach außen dränge, dafür aber um so energetischer – fing Certo jedes Mal mit seinem Geschick ab, sich in den Wind seines Gegenübers zu drehen und zu bestätigen mit einem: »...mach ich doch schon immer«, oder »...das mein' ich ja...!«

Als Nonna zur Küchentür hereinkam und mit leichter Ironie fragte: »Na Certo, so fleißig bei der Arbeit!?«, setzte er ein untertänig-öliges Grinsen auf. Um sein Ungeschick nicht zu sehr zu zeigen, hatte er die widerspenstige Auster inzwischen niedergelegt, und sein Grinsen glitt mehr auf die Seite der Verlegenheit. Nun kam Onkel Carlo in die Küche, um Nonna beim Öffnen der Flasche zu helfen. Der Anblick Certos muss ihn gereizt haben, dass er seine gewohnte vornehme Art vergaß und sich zu der Bemerkung hinreißen ließ: »Ecco Certo, die Austern sind härter zu knacken wie die Rosinen, stimmt's?!«, womit er deutlich auf das damalige Verhältnis von Certo mit Rosina anspielte, was inzwischen jeder wusste.

Certo war der Erste, der diesen Seitenhieb erfasste und dies war einer der seltenen Momente, wo sein Siedepunkt erreicht war, und das in einer Spontaneität, die selbst für einen Choleriker einen Rekord dargestellt hätte.

Alles geschah zugleich. Während Nonna sich umdrehte, um mit der neuen Flasche Wein zu Onkel Carlo hinüber zu gehen, sprang Certo kochend auf, griff in die Besteckschublade, umklammerte das riesige Bratenmesser mit der Faust, drehte sich mit einem gewaltigen Ruck zu seinem Teller, stieß den Versuch einer Erwiderung aus: »So knackt man mit Rosinen...«, und bevor er merkte, was er gesagt hatte, seine Worte neu ordnen konnte, lähmte die Stille des Schreckens die weiteren Laute. Er hatte nicht bemerkt, dass Nonna in seine Richtung gegangen war, dort hinüber, wo Onkel Carlo mit dem Korkenzieher auf den Wein wartete. Certo stand da, das Messer umklammernd, in dem Nonna hing mit weit geöffneten ungläubigen Augen. Das Blut lief ihm rot über die Hand und den Arm hinauf bis zum Ellenbogen, von wo es auf seine neuen Schuhe tropfte. Certo behielt das Heft fest in der Hand und hielt damit Nonnas Körper aufrecht. Er stand wie erstarrt, hatte Angst, sich zu bewegen, damit Nonna nicht ihrem schneidenden Halt entglitt, denn es war ihm angeboren, dass man eine Dame öffentlich nicht fallenließ.

Das Tropfen des Blutes auf seine neuen Schuhe tönte hohl in die Stille und schien ihn ins Leben zurückzurufen. Er griff instinktiv nach seiner Serviette und gab damit das Messer frei, während Nonna sterbend zusammen sank, gerade noch aufgefangen von Mente, der Onkel Carlo zu Hilfe eilte.

»Ja das ist doch...! Ja, was ist denn...!?«, setzte Certo fort und es war nicht deutlich, ob er sich auf das Messer in Nonnas Bauch oder das Blut auf seinen neuen Schuhen bezog. Es krachte. Nonnas Hand hatte die Weinflasche freigegeben und ließ sie splitternd zu Boden fallen. Weißer Wein floss durch die Scherben in rotes Blut, vermischte sich, verdünnte, als wollte er die Röte des Entsetzens mildern. Und darauf hin war Certo wieder still, denn er hatte begriffen, dass es nichts mehr zu sagen gab. Es entstand eine Zäsur, die

Zeit hatte aufgehört und der Raum dehnte sich mit unhörbarem Dröhnen aus, wie eine rotierende Kugel, deren Mittelpunkt wir waren.

Das Läuten an der Türe holte mich zurück aus meiner Erstarrung. Dottore Graziano trat in die Küche. Sein Erscheinen brachte etwas von der alten Wirklichkeit zurück, obwohl nichts mehr war, wie vorher. Er tat sein Bestes, doch Nonna kam nicht mehr ins Leben zurück.

Einige ihrer Kinder waren lange vor ihr gegangen. Die, die sie zurückließ, in alle Winde zerstreut. Sogar Stella fand den Weg nicht mehr hierher. Sie sagte mir vor einiger Zeit, dass ihr unsere Nonna wie der abnehmende Mond vorkäme, und den zunehmenden Rest der häuslichen Atmosphäre wollte sie ihren Kindern, sie hatte inzwischen zwei, nicht antun. Ich war der Einzige, der, wenn auch selten, dieses Haus betrat. Doch jetzt, da Nonna plötzlich und endgültig in die Sphären der Erinnerung weggetaucht war, gab es für mich nichts mehr, weshalb ich wiederkommen sollte.

Langsam löste ich mich aus meiner Erstarrung, verließ den Platz in der großen Halle, von

dem aus ich alles mit angesehen hatte, und packte meine Sachen. Es war kalt geworden in diesem
Haus.

Als ich draußen stand, strahlte mir der volle
Mond entgegen. Sein silbernes Licht traf mich
mild wie ein sich entfernendes Echo aus Nonnas
scheidendem Glanz. Trauer und Tröstung in einem. Aber die Tröstung war entfernter. Der ruhende Pol, den Nonna immer für mich in diesem
Hause dargestellt hatte, war ins Schwanken geraten, trudelte wie ein zu langsam gewordener Krei-
sel und sank wie ein erstarrter Stern ins Dunkel
des Alls. Ich wünschte es mir wie im alten My-
thos: Die Götter würden Nonna zu einem warm
leuchtenden Stern in den Weiten des Universums
in die Unsterblichkeit erheben. Wie würde das
meine hiesige Navigation erleichtern auf der Suche nach meinem Wege auf dem Meer der Seele.

Wieder war es Certo, der dazu beitrug, dass
ein mir lieber Mensch aus meinem Leben ent-
schwand. Wieder hatte sich das Ölige seines Ge-
mütes zu einer schneidenden Waffe verdichtet,
die diesmal nicht nur trennte wie im Falle von Ro-

sina, jetzt war sie tödlich geworden. Früher hatte ich Sympathie für Certo, ja er tat mir oft leid, wenn Mente ihn anfuhr. Inzwischen kroch ein zunehmender Ekel in mir hoch. Es würgte mich.

Ich blieb stehen und schaute in den Mond. Die frische Luft tat gut. Es war frostig. Der Herbst hatte mächtig Einzug gehalten und konnte seine Eigenschaft als Vorbote des Winters nicht mehr leugnen. Es fröstelte mich innerlich und äußerlich und ich steckte meine Hände in die Taschen. Meine rechte Hand berührte einen kalten Gegenstand. Wie aus einem Traum erwachend glitt meine Aufmerksamkeit langsam in die Hand, die mein altes Messer umklammerte. Ich hatte es immer dabei. Es gehörte in meine Jacke. Ich fühlte den kalten Stahl und nach allem, was passiert war, gab er mir auf seltsame Weise Halt.

Ich wusste nicht, wie weit ich gegangen war, ich stand still und sann dumpf vor mich hin. Ich spürte einen Sog zurück. Ich wollte voran, jedoch meine Beine klebten am Boden und von hinten zog es mich, wohin ich nicht wollte. Es fühlte sich an wie ein Traum, ich wollte, dass es ein Traum wäre. Es war auf bleierne Art wahr.

Von weitem sah ich das Blaulicht. Ich wunderte mich nicht, obwohl es keine Ambulanz mehr gebraucht hätte. Wundern war eine Regung, die nicht mehr zu meiner Welt gehörte. Alles war indirekt, mittelbar geworden. Auch ich selber.

Als ich damals das erste Mal wegging von hier, keimte bald ein traumhaftes Gefühl in mir auf: Ich war stark und gesund, unabhängig und das Leben lag vor mir. Leider hielt es nicht lange an und der Strudel der gewohnten Fremdbestimmungen riss mich wieder von mir fort. Jetzt, wo ich wusste, dass ich zum letzten Male vor diesem Hause stand, schien mir alles in meinem Leben entweder festgelegt oder in Vergangenheit erschöpft zu sein. Das war mein Abgrund, der sich vor mir auftat, das Ende meiner Welt, die nur Träume zuließ. Das Wachsein hat überhandgenommen; oder war es die Schlaflosigkeit?

Als ich vor dem Hause stand, wurde Certo von zwei Polizisten abgeführt. Er ging mit ihnen in seiner selbstüberzeugten Art, als ginge es um jemand anderen. Man war nicht von einem Unfall zu überzeugen gewesen. Hatte Mente in ihrem knapp gehaltenen Ausdruck einfach geschwiegen, Certo mit dem Messer der Interpretation der Polizei überlassen und damit ihrerseits Certo ans Messer geliefert?

Das war Mente in ihrer letzten Konsequenz, denn Konsequenz war ihr höchstes Gut und stand über allem. Das war ihr letzter Akt: Sie, die sich nie ihre Freiheit nehmen konnte, nahm sie den anderen umso konsequenter.

14. Kapitel

Finalmente

Ich stand in der großen Halle im Schatten und rührte mich nicht. Kaum wagte ich zu atmen. Immer noch war ich mehr Getriebener denn Handelnder, starr aus dem Dunkel beobachtend.

Mente war wie immer: eckige Bewegungen von Stirnfalten gekrönt. Sie lief hin und her, Dinge sortierend, mit Geschirr klappernd: die alltäglichen Verrichtungen nach dem Essen, als wäre nichts geschehen. Etwas war anders in der Atmosphäre, die sie ausstrahlte. Sie hatte es zur Alleinherrschaft gebracht, wenn auch zu einer traurigen, denn es war sonst niemand mehr da. Und doch schien sie einer Last entledigt zu sein.

Das Messer, das ich immer noch umklammert hielt, rief meine Aufmerksamkeit und ich trat aus dem Dunkel in die Küche, wo Mente hantierte. Ein beiläufiges Aufblicken, ein kurzes trockenes »So!« Als sie mich sah, das war alles. Sie wirtschaftete weiter. Ich tat einen Schritt auf sie zu, das Messer in der Faust, zwischen uns der massive Holztisch. »Warum nicht gleich ein Messer nehmen...!«, hallte es magisch aus vergangenen Zeiten in meinem Innern. Fieberhaft überlegte ich, ob sie nicht recht gehabt hatte mit diesem Satz. Wäre es damals vielleicht richtig gewesen und hatte ich darum instinktiv mein Messer in der Hand? Da es jedoch ungetan blieb, wird die Frage im Dunkel bleiben.

Und heute? Es war nur eine kleine Entscheidung nötig, und die Weichen wären gestellt, ein Stück Schicksal besiegelt. Mir wurde klar, wie wenig *einfach geschieht*. War nicht am Ende alles Geschehen eine Folge irgendeiner Entscheidung und der Entschluss, nicht zu handeln, nur ein sich Ergeben in fremde Entscheidungen, Fremdbestimmung, sodass es sich ständig zu entscheiden galt? Meine Gedanken fieberten und ich fühlte, wie die Last der Entscheidung drückte.

Da ließ sich Mentes granitraue Stimme vernehmen: »Certo!!! Wie der Vater so der Sohn...!!!« Eine Schranktür fiel zu.

Ich stand da, mit dem Messer in der Hand, wie gelähmt, über Mentes Worte grübelnd, während sie meine Gedanken mit einem hysterischen Lachen, das mich an das Wiehern eines Pferdes erinnerte, in Gang setzte.

Es gab wieder diese Zäsur in der Zeit, in der sich die Dinge unmerklich entscheiden, das Geschiedene aufgehoben wird, und dann plötzlich und ohne sichtbaren Grund in Erscheinung tritt. Meinte sie, mein Vater, den ich nicht kannte, sei schnell mit Messern gewesen? Oder meinte Sie, Certo ...? Nein, das war nicht möglich ... Certo und Nonna ... und Certo wäre mein Vater ...?

Die Entscheidung war gefällt. Ich stieß das Messer mit aller Kraft in den Holztisch. Es war mir klar: Ich wollte es nicht mehr. Mir fiel das Bajonett ein, das ich damals in meinem ehemaligen Zimmer versteckt hatte. Ich ging hinauf, um es zu holen. So sehr ich auch suchte, es war nicht mehr da.

Ich ging endgültig das letzte mal aus diesem Haus. Ein Stück Geschichte war zu Ende. Der Mond war verschwunden und Wolken bedeckten den Himmel. Ich lief, bis der Morgen graute und erreichte den Bahnhof. Nebel waberten über der Landschaft und die Verlassenheit des Bahnhofs schmiegte sich in die Leere meiner Seele.

Ich hatte dieses Haus schon lange verlassen, erst jetzt spürte ich den Abschied bis in die Tiefe meiner Seele. Ich war wie lautlos in die Fremde geglitten und war nicht aufmerksam genug, was sich alles an Altem unbemerkt in mein Gepäck geschlichen hatte. Ich hatte mich nicht bewusst entschieden, was ich auf meinem Wege zurück-lassen wollte, und so blieb vieles haften.

Diese unsichtbaren Nabelschnüre: Was nicht zerschnitten war, das riss jetzt endgültig, und die Leere, die dieser Vorgang hinterließ, ließ alles zur Fremde werden.

Das Ausland verlor seinen Bezug zum Elend, wie ihn die Sprachwurzel deutete, weil es seinen Gegenpol verloren hatte. Die endgültige Heimatlosigkeit einte alles, was der Wanderer auf seinem Wege finden konnte.

Irgendwann kam ein Zug. Ich stieg ein und fuhr in einen milchigen Morgen ohne Zeit und ohne Raum.

15. Kapitel

Im Zug

Der Zug setzte sich langsam in Bewegung. In Gedanken verloren suchte ich einen Platz. Die ersten Schienenstöße begannen ihren bedächtigen Takt. Ich wollte zu Stella fahren. Sie wusste am besten über die verborgenen Dinge in unserer Familie Bescheid.

Ich war im letzten Wagen eingestiegen und konnte mich nicht für einen Platz entscheiden. Der Zug gewann an Geschwindigkeit und damit begann der Boden zunehmend unsicher zu werden, zu schwanken, während sich der Zug immer zügiger in den Nebel hinein bohrte. Über einer Weiche vollführte er ruckartige Bewegungen, die meinen Stand gefährdeten. Ich überquerte gerade den sich verwindenden Durchgang zu einem der weiteren Wagen, öffnete die Schiebetür, taumelte zur nächsten Stange und hielt mich fest. Fast hätte ich den Boden verloren und wäre hingefallen, da traf mein Blick ein mir bekanntes Augenpaar. Einen Moment blieb ich wie angewurzelt stehen.

Obwohl wir gestern gemeinsam über den Austern zusammen saßen, kam es mir vor, als hätte ich Onkel Carlo eine Ewigkeit nicht gesehen. Er saß da mit seiner Schirmmütze, nickte mir ernst zu und nahm seine kalte Pfeife aus dem Mundwinkel. »Setzt Dich!«

Während er auf den Platz gegenüber deutete, drehte er den Kopf zum Fenster und versuchte, in den Nebel einzudringen. Überlegte er, wo er sein Feuerzeug hatte? Dann zog er es aus seiner Hosentasche, steckte die Pfeife mit ritueller Langsamkeit zurück in den Mund und widmete seine ganze Aufmerksamkeit der gleichmäßigen Glut, die er behutsam saugend in Gang setzte. Dichte Dunstwolken entwichen seinen Lippen in Intervallen. Ruhig rauchte er im Versuch, mit einer mäßigeren Zeit einen eigenen Raum zu erschaffen. Die Zeit schien sich mit dem Rauch zu verflüchtigten, bevor sie mit dem Nebel draußen in einen Wettstreit treten konnten.

Ich saß da, sah ihm zu, eingehüllt in seine Zeremonie und in Erwartung, was kommen sollte. Das Ganze war mir wie ein Auftakt. Der typische Duft seines Tabaks, den ich bei ihm kannte, schwängerte die Luft.

Sein fester, trauriger Blick traf mich und hing einen Moment lang auf mir. Er sog an seiner Pfeife, stieß eine Rauchwolke aus und unterbrach das Schweigen: »Wir haben alle viel verloren ...«

Er nahm einen weiteren Zug aus der Pfeife und eine Wolke umhüllte mich. Er sah wieder aus dem Fenster. »Aber es ist nicht alles so, wie es den Anschein hat ...!«

Das war rätselhaft. Ich wusste nicht, worauf er hinaus wollte. Ich wusste, dass ich in solchen Momenten warten musste, und dass er manchmal lange brauchte, bis es weiter ging.

Das langgezogene, leicht modulierte Pfeifen der Lokomotive mischte sich in den gleichmäßigen Takt der Schienen. Dann schoss der Zug mit lautem Tosen in einen Tunnel. Der Lärm ließ Töne, wie sie

Onkel Carlo begonnen hatte, nicht zu. Er saß da, in sich hineinhorchend, geduldig wie ein Berg, der die Zeiten überdauert. Ja, wie ein Berg, so war Onkel Carlo schon immer. Er war wie der irdische Gegenpol zu Nonnas mondenem Glanz. Und dieser ruhende Pol gab mir in all meiner Verwirrung und Trauer um Nonnas Tod einen gewissen Halt.

Draußen wurde es wieder hell, das trennende Tosen des Zuges, das uns in eine akustische Glocke schloss, wich dem rhythmischen Schienentakt und rückte uns wieder näher zusammen. Der Tunnel lag hinter uns.

»Es ist schon seltsam«, Onkel Carlo schien langsam den Beginn des Fadens zu finden, den er gesucht hatte, »wenn Menschen so plötzlich von uns gehen, erscheinen ihre Worte aus der letzten Zeit in einem anderen Licht.« Er sann nach und schien in seinen inneren Aufzeichnungen zu lesen.

»Es ist soweit«, hatte Nonna gesagt, »wir machen ein Fest. Ich möchte *noch einmal* mit Euch Austern essen!«

»Dieses ›Noch einmal!‹, ist das nicht wie eine Ahnung, ein Schatten, den sie ihrem Tod voraus warf?«

Ich schauderte und spürte einen Druck von Tränen in mir, der umso größer wurde, je mehr das schreckliche Ereignis ins Bewusstsein sank.

»Wer konnte auch ahnen, dass Giovanni gegen seine Art so einen Vulkanausbruch inszenieren würde. Und dann dieses riesige Messer in seiner Hand ... Welch ein Abgrund ist da in ihm aufgebrochen ...?«

Onkel Carlo nannte ihn nie ›Certo‹, er ließ sich nicht zu Spitznamen hinreißen.

»Du weißt, dass die Polizei ihn geholt hat?«

Ich nickte.

»Ich kam nochmals zurück. Erst wußte ich auch nicht, warum. Dann sah ich das Blaulicht. Ich dachte, Mente hat sich aus irgendeinem Grund so etwas wie gerächt, und der Polizei einfach nicht gesagt, dass Nonnas Tod ein Unfall war. Ich hatte das Gefühl, sie war froh, dass sie ihn geholt haben.«

Wieder sog Onkel Carlo an der Pfeife, blies den Rauch gegen das Fenster und schaute in die vorbeifliegende Landschaft.

»Und wer hat die Polizei gerufen?«, überlegte er.

»Dottore Graziano konnte es nicht gewesen sein. Er saß lange mit mir zusammen und dann ging er. Wir waren alle zu erschüttert, dass er die Formalitäten später erledigen wollte. Seltsam ...«

Der Zug wurde langsamer und die häufigeren Weichen kündigten die Nähe unseres Bahnhofs an. Bevor ich die Worte gefunden hatte, Onkel Carlo nach dem möglichen Sinn von Mentes Worten ›...wie der Vater, so der Sohn!‹ zu fragen, fuhr der Zug mit quietschenden Bremsen in den Bahnhof ein.

»Hör zu, mein Junge!« Diese Anrede hatte er von früher behalten. »Du bist also bei Stella zu erreichen? Wir telefonieren ...!« Es schien ihn ein Gedanke zu treiben, er hatte es plötzlich eilig. Mit der Pfeife in der Hand winkte er im Gehen und verschwand mit einem »Ciao!« in der Menge, die sich über den Bahnsteig schob.

16. Kapitel

Bei Stella

Ich kannte den Weg, obwohl ich ihn länger nicht gegangen war. Stella wohnte weit von der U-Bahnstation. Sie hatte sich vor Jahren in die Großstadt zurückgezogen, aber nie darüber viele Worte verloren. Ich bog um die Ecke bei dem Café, in dem ich früher manchmal mit ihr saß, und erreichte den hohen verzierten Eingang des Hauses, in dem sie wohnte. Ein altes Jugendstilhaus, das Freundlichkeit und Weite ausstrahlte und das tat gut nach allem, was geschehen war. Ich öffnete das mit vielen Windungen pflanzenartig verzierte Gitter des ehrwürdigen Fahrstuhls, der, fast antik, immer noch tapfer seinen Dienst tat. Er erhob mich, wie in eine andere Dimension, auf Stellas Etage.

Sie öffnete die Tür und stand vor mir, als wäre die Zeit stehengeblieben. Noch immer waren ihre langen, leicht gewellten Haare pechschwarz. Keine graue Strähne. Sie war zeitlos. Das hatte sie von Nonna geerbt.

Stella hatte die traurige Botschaft erhalten. Wir saßen am Tisch, tranken Kaffee und schwiegen eine Weile lang. Es war ein leichtes Schweigen, eine Stille ohne das Warten, dass jemand etwas sagt.

Ich versuchte, einen Gedanken zu verfolgen, und vergaß dabei den Löffel aus der Tasse zu nehmen, in der ich unaufhörlich rührte. Etwas im Hause hatte sich in den letzten Tagen vor dem Austernessen verändert. Es lag eine Spannung in der Luft, die ich erst jetzt besser zu deuten versuchte. Sie hatte nichts mit dem Fest zu tun gehabt, diese Unrast strahlte versteckte Angst und verhaltene Hektik aus. Was war der Grund? Mente motzte auch sonst hin und wieder und Certo war üblicherweise nervös beflissen. Es war etwas anderes, etwas, das auf eine Entladung zusteuerte. Und dann dieser Ausbruch in der Küche, als sich Onkel Carlo über Certos ungeschickten Umgang mit den Austern lustig machte, der ungewohnt heftig war. Der Löffel in meiner Tasse blieb stehen.

»Verstehst du das?«

Stella sah mich an und hörte zu.

»Wie konnte ein Certo, dessen Emotionen sichtbar so gezügelt waren, die gleichen Dinge hinterlassen, wie ein völlig ungehemmter, cholerischer Mensch?«

Ich nahm den Löffel endgültig aus der Tasse und legte ihn weg.

»Genau kann ich's dir auch nicht sagen ...«, sie dachte nach. »Allerdings war Certos Bild nach außen auch trügerisch. Kannst du dich noch erinnern an die Zeit, als unsere Rosina gehen mußte?«

Ich nickte.

»Umberto war damals nicht der eigentliche Grund. Certo nahm ihn nur zum Anlass, damit seine wahren Gründe im Dunkel bleiben konnten.«

Ich machte ein dummes Gesicht. Sie musste lachen. Dann wurde sie ernst und fuhr fort: »Als Rosina nach dem Kriege zu uns kam, brachte sie ein Kind mit, wenige Monate alt. Der kleine Junge sei von einer Freundin, die nicht in der Lage wäre, ihn aufzuziehen. Mehr erfuhren wir dort nicht. Jeden-

falls hat Nonna ihn mit ihrem großen Herzen angenommen und adoptiert.«

Ich setzte gerade die Tasse zum Trinken an,
da fuhr mir die Konsequenz ihrer Rede in die Knochen und ich verschüttete den Kaffee. Während ich
einen Lappen holte, beruhigte sie mich: »Ich weiß,
man hätte es dir früher sagen sollen. Aber für Nonna warst du immer einer von uns und ich glaube,
für sie war das nicht so entscheidend, wo du her-
kamst.«

»Ja, aber ...«, ich war irritiert, »meinst du, ich
bin gar nicht ..., und meine Eltern sind ...? ...Und
dann bist du gar nicht ...?« Mir blieb der Mund offen stehen.

»Nein, bin ich nicht.« Sie nahm meine Hand
und lächelte. »Und auch die Andern sind nicht deine Geschwister. Aber ich war die Einzige, die es
wußte. Für Umberto und Antonio warst du einfach
ein bisschen anders, stiller, aber sie haben nicht
groß darüber nachgedacht.«

Wir sahen uns an und ich versuchte, die Welt
neu zu begreifen. Sie gab mir Zeit, bevor sie weiter-

sprach: »Es wurde erst später etwas deutlicher, woher du kamst.«

Sie wartete einen Moment, um sicher zu sein, dass ich wieder aufnahmefähig war.

»Es wird dich nicht sehr trösten, aber den Vater hatten wir alle nicht, wenigstens nicht lange. Er ging, als ich fünf war. Nonna sagte damals, er müsse fort aus Italien, die Deutschen seien schon in Frankreich und der Krieg würde bald auch zu uns kommen. Ein Jahr später war es ja dann auch soweit. Luna war gerade drei Monate alt, Vaters Abschiedsgeschenk ...«

Es war für mich neu, dass ich Bitterkeit in Stellas Stimme spürte. Wir schauten uns an, wie zwei Verbündete. Und ich sah das erste Mal in ihren Augen, dass auch Stella ihren Abgrund hatte. Sie schloss die Lider, und in der stillen Unendlichkeit eines Augenblicks erhellte ihre innere Sonne wieder ihr Gesicht. Sie lächelte verlegen und sprach weiter:

»Bevor Rosina zu uns kam, sollte sie noch eine Bedienstete an ihrer alten Stelle einarbeiten. Das war eine junge Frau von der russischen Grenze, die es in den Nachkriegswirren hierher verschlagen hatte. Sie hieß Gruschenka, wie wir später erfuhren, und sie ist deine Mutter.« Stella machte eine Pause.

»Sie war oft geistig etwas verwirrt. Darum hatte Rosina anfangs beschlossen, deine Herkunft nicht preiszugeben.«

»Und wo ist sie jetzt?«, fragte ich, unsicher, ob ich es wissen wollte oder ob mir Nonnas Bild als Mutter erhalten bleiben sollte.

»Sie ist vor längerer Zeit gestorben.«

Damit hatte das Schicksal diese Frage entschieden.

»Aber damals besuchte Rosina sie oft, weil sich sonst nicht viel Menschen um sie kümmerten. Und wie es der Zufall wollte – Certo fuhr Rosina manchmal bei seinen Besorgungen auch dorthin – sah ihn Gruschenka, und sie erkannte ihn wieder. Sie hielt sich versteckt, denn sie hatte noch immer Angst.«

Mir lief es kalt den Rücken herunter. Kaum hatte ich den ersten Schock über meine Herkunft geschluckt, bahnte sich schon der nächste an. Was als dumpfe Druckwelle auf mich zu kam, sollten

Stellas Worte gleich erklären: »Keine Angst, ich halt dich fest!«

Sie nahm wieder meine Hand und die Wärme der ihren gab mir Halt.

»Ja, Gruschenka erkannte Certo als den Mann, der auf seinem Heimweg aus dem Krieg in ihrer Hütte übernachtet hatte. Sie hatte solche Angst vor den Soldaten, dass sie ihn in allem gewähren ließ. So wurde sie schwanger. Nachdem sie das erzählt hatte, sei sie wieder in ihren wirren Zustand verfallen und hätte immer ›Mörder! Mörder!‹ geschluchzt. Das war für Rosina unverständlich und sie deutete das als Zeichen der Verwirrung.«

»Also ist Certo ...?«, sagte ich tonlos und starrte ins Leere.

Stella drückte meine Hand: »Ja, ...dein Vater. Du kannst nichts dafür. Ich weiß, wie sich das anfühlt.«

Sie stand auf und schenkte mir einen Cognac ein, den ich abwesend herunter kippte. Die seifige Flüssigkeit schüttelte mich und brachte mich aus der Erstarrung zurück.

»Und Certo, hat er es erfahren, ich meine, bis dahin hat er wohl nichts gewusst ...?«

»Nein, bis dahin nicht. Aber Rosina konnte es nicht lange ganz für sich behalten. Und da Certo seit einiger Zeit seine heimlichen Besuche bei ihr machte, hat sie es ihm bald einmal erzählt. Von da an hatte Certo unheimliche Angst, dass alles herauskommen könnte und war am Ende froh über die Geschichte mit Umberto bei Rosina. So sehr ihn das auch gekränkt haben mochte, so froh war er jetzt, seine Mitwisserin loszuwerden.«

»Und Mente, hat sie davon erfahren?«

»Oh ja! Sie hat. Eine Ahnung von möglichen Heimlichkeiten hatte sie schon lange. Aber als ihr dann in den Ferien wart und Rosina ihre Sachen packte, ging die Bombe hoch. Die Geschichte mit Rosina konnte Certo noch so halbwegs entschärfen, aber du warst nun ein allzu konkreter und stetiger Stachel in ihrer Seele und das hast du ja auch oft genug zu spüren bekommen. Ein Wunder, das Mente sich nicht von Certo scheiden ließ!« Stella schwieg und ich sah Mente, wie sie zuletzt vor mir stand. ›Wie der Vater so der Sohn ...‹, hatte sie gesagt, bitter, rau und wie ein Kapitel in ihrem Leben abschließend, und ich hatte das Messer in der Hand. Doch etwas an diesem Satz verstand ich immer noch nicht. Es klingelte an der Türe.

17. Kapitel

Das Ende des Wanderns

Es war Onkel Carlo. Er kam schweigend herein und setzte sich. Er sah uns nacheinander an, kramte in seiner Tasche, holte seine Pfeife heraus, steckte sie wieder weg und sah auf den Boden.

»Stella?«, fragte er, »Hast du schon erzählt?«

»Alles«, erwiderte sie.

»Alles?« Er schüttelte den Kopf. »Wir wußten nicht alles.«

»Nicht alles?! Was kommt denn jetzt noch?!« Ich verstand wieder nichts mehr. War es denn nicht genug? »Mein mutmaßlicher Vater, der nicht vorhanden war, war nicht mein Vater, und dafür wurde meine mutmaßliche Mutter, die auch nicht meine Mutter war, von meinem wirklichen Vater erstochen, während meine wirkliche Mutter von meinem wirklichen Vater im vorbeigehen mehr oder weniger vergewaltigt worden war! Und meine wirkliche Mutter war auch nicht da und ist in Abwesenheit im Wahnsinn gestorben! Welch eine Abstammung!«

Ich wusste nicht, ob ich lachen oder weinen sollte. Onkel Carlo fasste mich am Arm und sah mich an: »Es tut mir leid, auch für dich, Stella, aber es ist wirklich noch nicht alles.«

Er setzte sich zurück.

»Ich komme von der Polizei. Vor einiger Zeit wurde an der russischen Grenze eine alte Hütte abgerissen. Man fand die Überreste eines Toten, der in Resten seiner Militärjacke ein Foto mit einer Widmung bei sich trug. Die Schrift auf dem Bild und später noch einiges andere deuteten nach Italien und so wurde gemeinsam geforscht. Inzwischen hat man herausgefunden, wer der Tote war.« Onkel Carlo machte eine Pause. Er sah zu Stella und holte Luft:

»Es war Nonnas Mann, dein Vater.«

Stella hatte Tränen in den Augen und es stand alles still. Dann sagte sie leise:

»Erzähl' weiter!«

»Das Foto wurde ebenfalls identifiziert. Es war ein Bild von Nella, also eurer Mente mit ihrer Schrift darauf. Wie kam Nonnas Mann zu diesem Bild und wieso hatte er, der den Krieg haßte und vor ihm geflohen war, eine Militärjacke an? Ja! Es war die Jacke von Giovanni, und der hatte offenbar Nellas Bild darin vergessen.«

Es wurde immer wirrer. Wie konnten sich Schicksalsfäden so verknoten?

»Dann war es die Hütte von Gruschenka ... und Nonnas Mann lebte offenbar mit ihr?«

»Ja, es deutet vieles darauf hin, was man noch gefunden hat.«

Alles schien übers Kreuz zu laufen und wir saßen wie erschlagen da.

»Weiß man, wie mein Vater gestorben ist?« fragte Stella.

»Er muß mit einem spitzen Gegenstand erstochen worden sein.« Onkel Carlo schwieg.

Siedend heiß schoss mir der Keller durch den Kopf, das Bajonett und dass es am Ende verschwunden war. Meine Gedanken purzelten durcheinander. Nonnas Mann lebte mit Gruschenka. Irgendwann kam Certo des Weges, vergewaltigte sie, vermutlich ohne sich darüber klar zu sein; dann ist Nonnas Mann tot, erstochen. Certo sucht das Weite und Gruschenka wird meine Mutter. Oder war Gruschenka schon schwanger, als Certo auftauchte? Ist es jetzt doch wieder eine offene Frage: Ist Certo mein Vater oder ist er der Mörder meines Vaters und dann eben wieder unseres Vaters?! Alles drehte sich in meinem Kopf und ich wusste nicht, ob ich es wissen wollte, oder wollte ich besser alles vergessen ...?

Onkel Carlo stand bereits: »Ja, und darum war die Polizei gekommen, um Giovanni abzuholen. Dass es ausgerechnet zu diesem Zeitpunkt geschah, war für Giovanni umso bitterer.«

Er machte eine Pause. »Es tut mir leid, ich weiß, es ist nicht einfach.« Er drückte uns die Hand. »Mein Zug ...«, sagte er mit entschuldigendem Lächeln und wandte sich zum Gehen.

Die Tür fiel hinter Onkel Carlo ins Schloss. Stella kam zurück ins Zimmer und wir standen uns gegenüber. Ich war froh, dass wir allein waren. In Ihrer Nähe war mir wohl und ich bemerkte, wie etwas auseinanderdriftete. Ein Teil von mir – der mehr denkende, gehorchende – hing in der Traurigkeit, fühlte sich dazu genötigt, während in meinem tiefsten Innern, scheu und unsicher, ob es denn sein darf, sich etwas entspannte, zu etwas Hellerem heranwuchs. Durfte es sein oder – durfte *ich* sein?

Ich sank in ihre Arme. Noch war ich verwirrt. Und soviel, was ich nicht verstanden hatte, das war entwirrt. Und alle Wirrungen wurden wundersam in weiche Wellen ausgebreitet. Ich sank in ein samtenes Dunkel, im freien Fall gehalten, im unendlich weiten Raum geborgen, den ein milder Stern mit weichem Licht erfüllte. Und es wogte sanft in mir und um mich und im Fließen waren alle Grenzen aufgelöst und lösten Zeit und Raum in Leben und in stilles Sein.

Ende

Seite 156

Die Personen

Giovanni	Mente
Babuschka / Gruschenka	Onkel Carlo
Nonna	Umberto
Rosina	Antonio
Stella	Merlina
Cornelia	Centurio
Rosanna	Kalle
Vera	Helena
Janos	Dottore Graziano

Danksagung

Mein Dank gilt Anita Ferraris, die diesem Buch die Initialzündung gab, meinen Vorfahren, die viel zu den Farben und Konturen der Geschichte beigetragen haben, meiner Frau Rosmarie und meinen Probelesern.

Vom gleichen Autor erschienen

»inject«, ein krimineller Roman

ISBN 978-3-7562-1049-7 / Verlag BoD Norderstedt

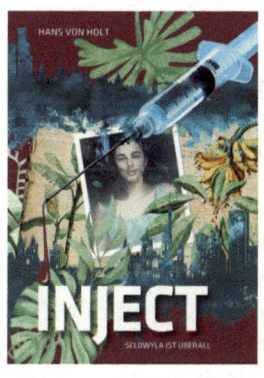

Wie gehen Menschen mit der Macht um, die lange im Verborgenen lag, und die plötzlich spürbar wird?
Es beginnt auf einer Südseeinsel in der schönsten Umgebung.
Ein scheinbar harmloses Seminar endet mit einem schrecklichen Erwachen. Es bleiben von Mirella nur verzweifelte Aufzeichnungen in Ihrem Tagebuch. Das Ende eines Menschen wird zu einem Anfang, der alles bisherige verändern soll.

Vaclav Santini spielt die erste Geige in seinem Orchester. In der Beziehung zu seiner Frau Mirella hatte sich eine Entfremdung eingeschlichen wie ein Dieb in der Nacht. Sie war in einen Sog gewisser Kreise geraten, der ihr zum Verhängnis werden sollte.

Anneke Vermeer aus Amsterdam meldet sich unerwartet und kommt für einen Besuch nach Prag. Das Wiedersehen mit Vaclav gestaltet sich völlig anders als erwartet.
Der Tod Mirellas wirft viele Widersprüche auf, die Vaclav und Anneke in den Strudel der Ereignisse ziehen.
Kommissar Jasinski in Prag tappt zunächst im Dunkeln.
Spuren führen nach Amsterdam. In Amsterdam setzen sich langsam Bruchstücke zusammen. Es ergibt sich ein

roter Faden, der Experimente an Menschen offenlegt, deren Anwendung unvorstellbare Folgen haben wird. Ein Szenario aus Verschleierung und Manipulation machen die Spurensuche fast unmöglich.
Ein Konzern gerät ins Zentrum der Ermittlungen. Die Ergebnisse übertreffen alles bisher Denkbare. Kann dem geplanten Albtraum Einhalt geboten werden?

»Mein Name sei Sisyphos«

ISBN: 978-3-903321-54-0 / INNSALZ Verlag

Sisyphos ist eine **aktuelle** *Geschichte.* Sie wurde bis in die Gegenwart so oft durchlebt, daß es an der Zeit ist, sie als Heutige zu reflektieren. Gerade in einer Zeit, in der das Reflektieren nicht mehr in Mode ist Der antike Sisyphos ist eine Metapher, eine *Struktur*, die viele Menschen im eigenen Lebenslauf wiedererkennen mögen. Auch wenn das antike Vorbild in seiner ganzen Ausweglosigkeit überliefert wurde, so scheint mir dies nicht so absolut, wie es erzählt wurde. Sisyphos ist immer ein *Heutiger*. Darüber können die antiken Wurzeln nicht hinwegtäuschen.
Tauchen wir ein in ein Geflecht aus gewohntem Alltag und seelischer Tiefe, in welchem möglicherweise ein Ariadnefaden sichtbar wird. Wohin er führt, und ob er uns zu einem Ausgang, einer Lösung führt, kann sich erst am Ende zeigen.

»Geschichten der Welt«

Als E-Book erhältlich unter:

www.vonholt.ch

Prolog: Zugegeben, es ist ein etwas hochtrabender Titel. Man könnte fast meinen, es wäre ein Stück Geschichte der Welt. Doch das, was wir gemeinhin als Geschichte kennen, ist doch mehrheitlich die Sammlung von Daten, Kriegen und Katastrophen, Verzeichnisse von Macht und Unterdrückung oder der Triumphe von Muskelprotzen und Demagogen.

Die Geschichte handelt mehr von der Bewegung der Massen, und kaum vom Maß des Einzelnen. Und doch, so meine ich, spielt sich die eigentliche Geschichte der Menschen in den Geschichten ab, die Einzelne erleben, die Geschichten, die dem Alltag seine Muster und Farben geben, die die Töne des Miteinanders gestalten, und die das Werden der kleinen Freuden, des Schmunzelns, und der manchmal skurrilen Kleinigkeiten und Absurditäten zum großen Leben wachsen lassen.

In diesem Sinne sind die kleinen Geschichten Welt-Geschichten, und wer weiß, vielleicht bringen sie uns dem eigentlichen Verständnis unserer Geschichte ein kleines Stück näher - und, sie dürfen weiter geschrieben werden. Dieser Band ist der Beginn einer wunderbaren Sammlung.